행복한 삶을 **꿈꾸는** 사람들을 위한 이야기

낮에는 별이
보이지 않는다

낮에는 별이 보이지 않는다

낮에는 별이 보이지 않는다

낮에는 별이 보이지 않는다

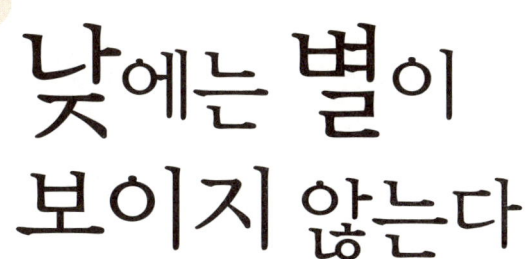

낮에는 별이
보이지 않는다

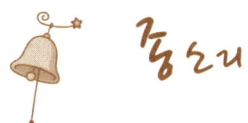 종소리

1944년 2차 세계대전 때 낙하산 부대를 이끌고 전쟁에 참가한 존 핸론 대령이 독일군에게 쫓겨 헤므루라는 가난한 시골 마을까지 밀려 났을 때의 일이다.

때마침 내린 눈 때문에 존 핸론은 무척 난감했다. 흰 눈 위에서 울긋불긋한 군복은 적의 눈에 쉽게 들어오기 때문이었다. 오랜 회의 끝에 흰 침대보를 뒤집어쓰자는 결론이 났다. 그러나 아주 짧은 시간 내에 많은 양의 침대보를 구하기란 매우 어려웠다.

존 핸론은 마을 읍장을 찾아가 나중에 꼭 돌려주겠다며 마을 사람들의 침대보를 구해 달라고 사정했다.

다음 날 읍장이 종탑에 올라가 종을 치자 사람들이 침대보를 가지고 하나둘 모이기 시작했다. 반시간도 채 안 되어 200여 장이 넘는 침대보가 산더미처럼 쌓였으며 군인들은 그 침대보를 찢어 철모도 싸고, 총도 싸고, 몸에 뒤집어쓰기도 했다.

흰 침대보를 뒤집어 쓴 군인들의 모습은 눈 위에서 쉽게 알아볼 수 없었다. 그리고 얼마 지니지 않아 독일군의 대공습이 있었지만 독일군은 눈앞의 적을 발견하지 못해 수많은 사상자를 냈다.

전쟁이 끝나고 존 핸론은 이미 더러워진 침대보를 깨끗이 잊었다.

1947년 가을, 존 핸론은 전쟁이 끝난 뒤 우연히

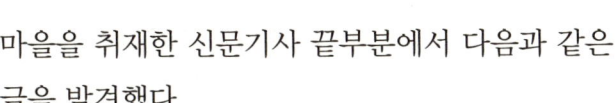

마을을 취재한 신문기사 끝부분에서 다음과 같은
글을 발견했다.

　그때 미국인들이 우리 침대보를 몽땅 가져갔습
니다. 가져가면서 그들은 꼭 돌려주겠다고 했는
데 아직 돌려주지 않았습니다. 이제 돌려주세요.

　존은 즉시 그 신문사에 헤므루 마을의 침대보
를 돌려주겠다는 편지를 썼다.
　존의 편지가 기사화되어 다시 신문에 게재되자
이번엔 존의 집 앞으로 침대보와 담요가 배달되
기 시작했다. 수년 전 헤므루에서 사람들이 줄을
서서 침대보를 가져왔던 것처럼 이번에는 존의
집 앞에 사람들이 침대보와 각종 구호물자를 전
하기 위해 줄을 서 있었다. 존은 그 모습을 보고
목이 꽉 메는 듯했다.
　드디어 존 핸론은 수천 장의 침대보와 구호물
자를 싣고 헤므루에 도착했다. 그는 벅차오르는

감정을 누르고 종탑으로 올라가 종을 치기 시작했다.

　'뎅그렁! 뎅그렁!'
　평화의 종소리가 온 마을에 퍼져나갔다.

아버지의 눈물

세계 각지를 돌아다니며 연주회를 열고 있던 브람스는 고향에 두고 온 아버지를 몹시 걱정했다.

그의 아버지는 함부르크 악단의 콘트라베이스 주자 일을 그만 둔 뒤 어렵게 생활하고 있었던 것이다. 그러나 아버지는 아들의 도움을 거북하게 생각했다.

그러던 중 고향 함부르크에서 연주회가 열리게 되었다. 연주회는 대성공이었다. 연주회가 끝난 뒤 브람스와 악단 일행은 시내 술집에서 자축연을 벌였다. 분위기가 한창 무르익을 무렵 악단이 무대에 나와 댄스곡을 연주했다.

그때 동료 한 사람이 브람스 어깨를 슬쩍 치며 무대를 가리켰다.

"여보게, 저기 음악을 연주하고 있는 사람이 자네 아버지 아닌가?"

브람스는 몹시 당황스럽고 부끄러웠다.

촉망받는 음악가의 아버지가 허름한 술집에서 댄스곡을 연주하고 있었기 때문이 아니었다. 브람스는 자기 아버지가 어렵게 살고 있는 것을 짐작하지 못한 것이 부끄러웠던 것이다. 브람스가 홀을 가로질러 아버지에게로 다가갔다.

아버지 역시 당황하는 눈치였다. 그러나 곧 유쾌한 목소리로 말했다.

"브람스야! 내 연주에 맞춰 한 곡 춰볼래?"

늙은 아버지의 이마엔 땀방울이 맺혀 있었다.

브람스의 가슴은 미어졌다. 집으로 돌아온 그는 방안을 서성거리며 아버지를 도울 방법을 궁리했다. 그러다 문득 아버지가 가장 좋아하는 '사울'의 악보가 눈에 들어왔다.

순간 그의 얼굴에 웃음이 가득 번졌다. 일주일 후 연주회 일정을 마친 브람스는 고향을 떠나게 되었다.

"아버지, 죄송합니다. 힘드시면 꼭 '사울'을 연주하세요."

브람스는 이 말을 남기고 떠났다.

그로부터 얼마 후 생활이 어려워진 아버지는 문득 아들의 말을 떠올리고 낡은 악보를 펼쳤다.

무심코 악보를 넘기던 아버지의 입에서 짧은 감탄사가 흘러나왔다.

"오, 요하네스!"

악보의 갈피갈피마다 지폐가 한 장씩 끼어 있었던 것이다.

두 자매

펜실베이니아 리딩 시의 한 아파트에 살고 있는 도리와 로리는 쌍둥이 이다. 이 자매는 불행하게도 머리가 붙은 채 태어났다.

머리가 붙은 쪽의 관자놀이를 잇는 두개골과 세포, 혈관 등이 도리와 로리의 몸의 공통적인 부분을 이루고 있기 때문에 자매는 분리수술을 받을 수가 없었다.

그래서 TV를 볼 때도, 식사를 할 때도, 잠을 잘 때도 이들은 언제나 함께 해야 했다.

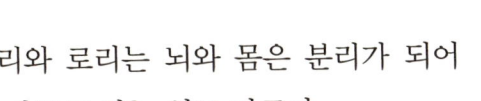

그러나 도리와 로리는 뇌와 몸은 분리가 되어 있어 생각도 다르고 하는 일도 다르다.

도리는 로리보다 키가 조금 작다. 도리는 기타를 치는 컨트리 가수였고, 도리는 병원에서 빨래하는 직업을 가지고 있다. 도리는 웨스턴 스타일의 화려한 옷을 좋아하는 반면 로리는 수수하고 단정한 옷을 즐겨 입는다. 도리와 로리의 친구는 각각 다르고 이들은 각각 남자와 가끔 데이트도 한다.

로리는 아기를 원하지만 도리는 정반대이다. 이들은 분명 두 사람이고 각자의 인생을 살아가고 있다. 그러나 항상 같이 움직여야 하기 때문에 도리와 로리는 어떤 행동을 할 때마다 보다 신중하게 생각에 생각을 거듭한다. 또한 서로에 대한 칭찬과 충고도 아끼지 않는다. 항상 함께 하기 때문에 개인적인 일이나 비밀 같은 것이 없으며 자매는 서로를 부담스럽게 생각하지 않는다.

평생 동안 이렇게 한몸의 동반자로 살아야 하는 도리와 로리는 둘이 나눠져 사는 것은 상상도 못하는 일이라고 말한다.

자매는 머리가 붙어 있긴 하지만 자신들은 분명히 두 사람이라고 생각하며 서로의 인생을 존중한다.

때문에 도리와 로리는 언제 어디서든지 서로를 먼저 생각하고 돌아보는데 익숙해 있다.

얼굴이 각각 반대방향을 향하고 있어 상대방의 얼굴을 보려면 거울을 이용해야 하는 도리와 로리 자매는 늘 같이 있으면서도 매일매일 거울로 서로의 얼굴을 확인한다.

도리와 로리는 이렇게 건강하게 서른한 해째 살고 있다.

빨간 수건의 마술사

　　투우의 전설적 영웅 마놀레테는 그가 죽기도 전에 동상이 세워질 정도로 스페인 국민의 사랑을 한몸에 받았다. 관중들은 호리호리한 체격에 아주 멋진 솜씨로 육중한 소를 물리치는 마놀레테에 열광하였다.

　　마놀레테가 스물두 살이 되던 해인 1939년 그를 주제로 한 노래가 인기를 얻었고 심지어는 그의 이름을 딴 술도 만들어졌다.

　　수백 마리의 소와 싸워 이기고 멕시코와 남미까지 그의 이름이 알려졌지만 그러는 동안 마놀

레테는 열두 번이나 소의 뿔에 받혀 중상을 입었
다. 그 후유증으로 마놀레테는 스물아홉 살이 되
던 해 은퇴를 선언했다.

그러나 많은 사람들이 이를 반대했다. 그리고
그에 관한 나쁜 소문들이 나돌았다.

그는 겁쟁이이며, 늘 작은 소만을 골라 싸웠고
싸우기 전에 미리 소의 뿌리를 무디게 해놓았다
는 것이었다.

화가 난 마놀레테는 몸이 약해졌음에도 불구하
고 다시 투우장에 섰다. 그는 일부러 가장 사납다
고 알려진 미우라 종의 소와 싸우기로 결정했다.

시작도 하기 전에 성난 소는 마놀레테에게 달
려들었다. 마놀레테는 재빨리 피했다. 그러나 관
중들은 매우 시큰둥했다. 이런 관중들의 반응에
놀란 마놀레테는 더욱 더 대담하게 맞섰다.

그는 성난 소가 가까이 다가오도록 유인했다.

그때서야 관중들이 박수를 보냈다. 그러자 그는 더욱 더 대담하게 성난 소에게 다가갔다. 그리고 소에게 등을 보이며 약을 올렸다. 이것은 투우에서 가장 위험한 기교였다. 관중들한테서 우레와 같은 환호성이 터져 나왔다.

그때 갑자기 소가 무섭게 돌진해 왔고 그 순간 마놀레테의 몸이 붕하고 공중으로 떴다가 땅바닥으로 떨어졌다. 성난 소는 마놀레테의 몸을 사정없이 들이받았다.

심한 부상을 입고 급히 병원에 실려 간 마놀레테는 세 차례의 수혈을 받았지만 끝내 일어서지 못하고 죽음을 맞았다.

그는 자신을 솔직히 털어놓지 못하고 관중을 지나치게 의식한 나머지 대담한 기교를 부리다가 오히려 죽음을 맞고 만 것이다.

최고의 세일즈맨

폴란드인 제스 스미스는 대학을 졸업한 후 제약회사에 들어가 류머티즘 치료약을 파는 세일즈맨이 되었다.

그는 세일즈 매니저와 함께 시애틀로 출장을 갔는데 류머티즘을 앓는 환자에게 직접 약을 팔기 위해서였다.

그는 급료와 모든 경비를 선불로 받았기 때문에 매출을 늘려야 했다. 그러나 처음 해보는 세일즈가 쉽지 않았다. 최선의 노력을 한다고 생각했지만 약은 전혀 팔리지 않았다. 그는 완전히 의욕

을 잃고 매니저에게 회사를 그만 두겠다고 말했
다.

　"이제까지 최선을 다했다고 생각했지만 약은
하나도 팔리지 않았습니다. 나는 그쪽 방면에 소
질이 없나 봅니다."
　스미스의 간청에도 불구하고 매니저는 계속 일
을 해볼 것을 권했다. 그는 회사에 남기로 했지만
도저히 약을 팔 자신이 없었다. 그래서 그는 약을
파는 것을 포기하고 이제까지 가정방문을 통해서
만난 환자들을 찾아갔다.
　류머티즘으로 극심한 고통을 받고 있는 그들을
위로하고 그들의 말을 들어주기 위해서였다.

　어느 날 그는 류머티즘을 앓는 중년부인을 찾
아 갔는데 그 부인은 스미스를 반갑게 맞으며, 스
미스의 약을 사겠노라고 말했다. 전혀 기대하지
않았던 스미스는 곧장 달려 나가 주문한 약을 가

져왔다.

스미스는 드디어 약을 판 것이다.

스미스는 그 경험을 통해 물건을 팔기 이전에
먼저 자기의 마음을 열고 베풀 줄 알아야 한다는
것을 배우게 되었다.

물론 스미스는 그 후 최고의 세일즈맨이 되었
다.

괴짜가 세상을 즐겁게 한다

월터 마이센하이머는 예순다섯 살에 묘목장사를 그만둔 뒤, 자기 집 옆에 있는 잡목 숲을 쓸어버리고 그 자리에 수백 포기의 진달래와 수천 그루의 회양목을 심었다.

1600m 가까이 오솔길을 만들고 한길 가에는 뜰을 꾸며 야외용 탁자를 마련했다. 그리고 탁자 위에 꽃을 꽂아두고 누구나 쉬어가라는 푯말을 옆에 세워두었다.

'대체 어떤 괴짜가 이런 일을 했을까?'

하고 사람들은 생각했다.

그러나 그는 이렇게 말했다.
"이 세상을 조금이라도 더 낫게 만들려고 애를
쓰지 않는다면 도대체 뭣 하러 살아?"

아이오와 주에 살았던 빌 보디시는 쉰아홉이
되던 해부터 곳간 뒤에서 길이 18m의 강철 요트
를 만들기 시작했다. 혼자 매달려 철근을 구부리
고 용접하기를 7년, 드디어 하루는 부인에게 말했
다.

"여보, 햄 한 조각 굽고 파이를 좀 만들어서 냉
동하구려. 이제 곧 떠날 참이니까."

그들은 농장을 팔고 자신이 만든 배를 미시시
피 강에 띄워 하류로 내려가 카리브해 지방 연안

에서 2년을 살았다.

롤러 왓슨 할머니는 102세에 고된 농사일을 그만
두고 새로운 일을 시작했는데 그것은 요양원을 찾
아다니면서 노래를 부르고 이야기를 들려주는 일
이었다.

"그러면 늙은이들이 좋아하지."
라고 말하면서 한가지의 요구 조건을 말하는데
그것은 블랙커피를 계속 마시게 해 달라는 것이
었다.
"멀건 커피는 주지 마. 100% 진국이라야 된다
구!"

인디애나 주에 사는 여든아홉의 앤설은 부인의
재봉틀을 이용해서 연을 만들어 옥수수밭에서 날

리기 시작했다. 앤설의 연이 하늘 높이 올라가면 동네 아이들은 모두가 연을 들고 나와 같이 날렸다.

그는 아이들에게 연을 날리는 법을 가르쳐줄 뿐 아니라 좋은 마음씨를 가르쳐 주었다. 그는 아이들의 부탁이면 누구에게나 연을 만들어 주었기 때문이다.

조셉 찰스는 손을 흔드는 괴짜로 유명하다.

그는 캘리포니아 주 버클리에 있는 자기 집 앞에 서서 지나가는 사람들에게 '밤 새 안녕하시오. 좋은 하루 보내시오!' 하고 소리치며 손을 흔들었다.

20년 동안 눈이 오나 비가 오나 평일이면 손을 흔들었다.

"아마 다들 나를 실성한 영감으로 봤을 거야. 하지만 이제 90%는 나한테 미소를 보내게 됐고,

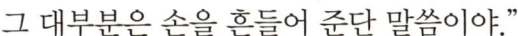

그 대부분은 손을 흔들어 준단 말씀이야."

이 세상이 따분해지지 않게 해주는 다채로운 개성의 사람들을 우리는 괴짜라고 한다.

바로 이런 사람들이 우리에게 낭만과 사는 맛을 주고 있다고 생각되지 않는가?

 따뜻한 손

거리에서 꽃을 파는 소녀가 있었다. 소녀는 앞을 볼 수 없는 장님이었다.

어느 날 그곳을 지나던 떠돌이 청년이 눈먼 소녀를 보고 소녀가 너무나 불쌍해 자신이 가지고 있던 돈을 소녀의 손에 꼭 쥐어 주었다.

그 청년은 그 거리를 떠나지 못하고 조금씩 돈을 모아 그녀의 손에 쥐어 주곤 했다.

그리고 소녀는 청년의 도움으로 수술을 받아 아름다운 세상을 볼 수 있게 되었다. 소녀는 언제나 아무 말 없이 돈을 쥐어 준 그 따뜻한 손을 잊

지 못했다.

그러나 청년은 누명을 써서 되어 감옥에 가게
되었다.

소녀는 날마다 따뜻한 손의 주인을 기다렸지만
감옥에 있는 청년은 더 이상 소녀에게 동전을 쥐
어 줄 수가 없었다.

얼마 후 청년은 감옥에서 나왔다. 청년은 자신
의 처지가 한심했고 앞을 볼 수 있게 된 소녀와
자기는 어울리지 않는다고 생각한 나머지 먼 길
을 떠났다.

이곳저곳을 헤매던 청년은 오랜 세월이 지나서
야 다시 소녀가 꽃을 팔던 그 거리로 돌아올 수
있는 용기가 생겼다. 그는 소녀가 행복하게 살고
있는 모습을 보고 싶었다.

청년은 소녀가 꽃을 팔던 그 거리로 갔다. 그런

데 이게 웬일인가. 놀랍게도 소녀는 아직 그 자리에 서서 꽃을 팔고 있었던 것이다.

소녀는 자신을 도와주고 눈을 뜨게 해준 그 '따뜻한 손'을 기다리고 또 기다린 것이다.

멀리서 소녀를 발견한 청년의 얼굴은 기쁨에 들떠 있었다. 청년이 가까이서 소녀의 아름다운 눈을 마지막으로 보기 위해 조심스럽게 다가갔다. 소녀의 곁으로 다가간 청년은 꽃을 들고 있는 소녀의 손에 동전을 쥐어주었다.

청년의 손길과 마주친 소녀는 순간 청년의 손을 꽉 잡으며 말했다.

"아, 바로 당신이었군요. 이제 오셨군요!"

나에게 쓰는 편지

휴 프레이드가 자신이 이제껏 살아오면서 쓴 일기를 책으로 엮어내려고 했다. 그가 그 계획을 가족들에게 처음 이야기했을 때 식구들은 아무런 관심을 보이지 않은 채 시큰둥하게 '그래?' 하고 대답할 뿐이었다.

그는 다시 친구들을 찾아가 말했다.
"지금 난 내 일기를 책으로 만들 생각이라네."
그러자 친구들 역시 별 반응이 없이 '응, 그래……' 라고만 했다.

얼마 후 휴 프레이드는 예정대로 자신의 일기를 엮은 『나에게 쓴 편지』를 출간했다.

이 책은 서서히 인기를 끌어 세계의 많은 사람들이 읽기에 이르렀다.

휴 프레이드는 이제 유명 작가가 되었다.

그때서야 친구들과 가족들은 '정말 잘 된 일이야. 우린 자네가 자랑스럽네.'라고 말하며 축하와 격려를 해주었다.

휴 프레이드는 자신이 조그만 성공을 거두자 이제껏 무관심했던 친구와 가족들이 반가워하는 모습을 보자 무척 서운한 생각이 들었다. 그리고 그는 얼마 지나지 않아 스스로를 돌아보며 이런 생각을 했다.

"혹시 나도 저들처럼 친구들의 일을 사소하게 받아들이고 섭섭한 태도를 보이진 않았을까?"

 이상한 면접시험

어떤 젊은 기사가 어느 광산 회사에서 모집하
는 기사 채용시험에 응모했다. 그는 나이 많은 부
모를 모시기 위해 돈이 필요했다. 그는 이 시험이
경쟁률이 높은 줄 알고 있었으나 면접시험에는
자신이 꼭 선발될 것으로 생각했다.

왜냐하면 그는 3년 동안 한 회사에서 양심적으
로 근무했는데 회사의 사장이 신원증명서와 소개
장을 써 주었기 때문이다.

광산 회사는 중요한 유전을 소유하고 있었으며
신입사원에게 새 유전의 시추를 맡길 예정이었

다. 젊은 기사는 그의 생각대로 면접시험까지 올라갔다. 중대한 면접일이 다가왔다.

그는 사장단의 질문에 성실히 대답했고 모든 것이 순조로워 보였다. 그러나 갑자기 심사위원장이 매서운 눈초리로 그를 응시하며 물었다.

"전에 자네가 다니던 회사에서도 지금 자네가 말한 깊이만큼 파서 유전을 얻었다는 말인가?"
순간 그는 이제 자신은 이 회사를 다닐 수 없을 것이라는 생각이 들었다. 잠시 동안 그는 주저하다가 단호하게 그러나 공손하게 말했다.
"저는 고용주를 위해서 일할 때 알게 된 그 회사의 비밀을 여기서 내 마음대로 공개할 수는 없습니다."
면접이 끝나고 집으로 돌아오는 길에 그는 자신이 바보 같은 짓을 했다고 후회했다.

그는 '정직은 가장 좋은 방법이다. 사업과 생활에 있어서 결코 다른 기준을 두지 말라'고 가르쳐 준 아버지의 말을 되씹어 보았다. 그의 부모들은 면접 때의 일을 알고는 그가 한 일이 옳았다고 따뜻하게 위로해 주었고, 격려해 주었다.

다음 날 아침 새로운 일자리를 찾아보기 위해 그는 밖으로 나가려고 했다.

그때 등기속달로 한 통의 편지가 배달되었다.

그것을 뜻밖에도 광산 회사로부터 온 것이었으며 그가 열망하던 일자리를 주겠다는 내용이 담겨 있었다.

몇 년 후 그는 자신이 면접시험에 통과한 이유를 알게 되었다. 그때 심사위원장이 한 질문은 고용주에 대한 그의 충성과 그 자신에 대한 신뢰도를 시험하기 위함이었다는 것이었다.

일기장

어느 호텔에서 임시 바텐더를 하고 있던 나는 과로로 기진맥진하면서도 일기를 쓰기 시작했다.

매일 밤 아무리 피곤해도 일기속에 나의 온갖 괴로움을 적어 놓았고, 내가 왜 그런 처지가 되었는지를 물었다.

일기는 나의 피난처가 되었고 나를 구해 주었다.

내가 직면한 문제가 개관적으로 보이기 시작했고, 그것이 얼마나 일시적인 것인지도 알게 되었다. 형편이 좋아진 후에도 나는 계속 일기를 썼다. 일기는 나를 채찍질하고, 계획을 세워주며, 행복한 순간을 지속시켜 준다.

즉, 무지개를 항아리 속에 넣어 보존하듯 기쁨을 보존해 주는 수단으로서의 구실을 하는 것이다.

일기는 뜻하지 않는 사고만 나지 않는다면 사실상 영원히 남는다.

나치의 박해를 피하기 위해 1942년부터 2년간 암스테르담의 어느 빌딩 골방에서 가족 및 네 명의 유태인들과 함께 숨어 지냈던 열세 살의 안네 프랑크의 일기가 그렇다.

1944년 어느 날 밤, 건물에 도둑이 드는 바람에 경찰의 주목을 받게 되자 한 사람이 안네의 일기를 태워 버리려고 했다.

그러자 안네는,

"일기만은 안 돼요! 일기를 없애버리면 나도 없애주세요!"

라고 외쳤다.

애처롭게도 안네는 살아남지 못했지만 일기는 탄압과 공포의 증언으로 남아 전 세계에 30여 개국으로 번역되어 팔렸다.

일기는 1350년 당시 21세였던 아일랜드의 어느 사법서사가 성탄전야에 법률문서 한 귀퉁이에 자신의 건강을 걱정하는 말을 몇 마디 적어 놓은 것이 시초라고 전해진다.

일기는 길게 쓸 필요가 없다. 또 명성이나 재산, 인생의 경험이 필요한 것도 아니다.

중요한 것은 자기 자신으로 돌아가서 솔직해지는 일이다.

"그것은 수세미로 몸을 문지르는 것이나 다름

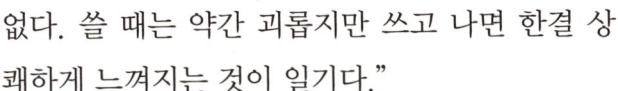

없다. 쓸 때는 약간 괴롭지만 쓰고 나면 한결 상
쾌하게 느껴지는 것이 일기다.”
　일기 작가 나이젤 니콜손은 말하고 있다.

　오스카 와일드는 ‘일기야말로 센세이션한 읽을
거리이기 때문에 항상 나와 함께 여행한다’ 라고
말한 바 있다.

　작가 버지니아 울프는 일찍이 ‘나의 일기가 온
갖 잡동사니를 쓸어 넣는 깊숙한 낡은 책상이나
큼직한 포대자루를 닮았으면 한다’ 라고 쓴 적이
있다.

　일기야말로 여러 가지 잡다한 생각들을 집어넣
을 수 있는 정신적 넝마주의가 되어야 한다.
　심각하고 엄격하고 종교적이고 철학적인 것이
담길 수도 있고 격분과 슬픔과 즐거움과 익살스
러움과 현실적인 것과 허풍, 그리고 참을 수 없는

고통이 담길 수도 있다.

　그러나 무엇보다 일기는 사사로운 것이다.

　'우리 곁에 없는 사람들과 편지로, 자기 자신과
는 일기를 통해 대화를 나눈다'고 영국 작가 이
이삭 디즈레일리는 말했다.

　우리는 일기를 통해 우리가 살아있다는 신비로
운 사실을 기록하고 있는 것이다.

보라색의 비밀

아득한 옛날. 티로스라는 아름다운 처녀가 애인 헤라클레스와 더불어 티레 마을 부근의 바닷가를 거닐고 있었다.

그때 헤라클레스의 개가 모래밭을 쏘다니다가 조개가 눈에 띄자 그것을 물어뜯었다.

그 조개에서 진물이 나와 개의 콧등에 묻었는데, 몇 분이 지나자 그것은 보라색으로 변하였다.

티로스는 그 빛깔에 매혹되어 헤라클레스에게 사랑의 증표로 저와 똑같은 빛깔로 천을 물들여 달라고 졸랐다.

헤라클레스는 갖은 궁리로 고생고생하다가 어찌어찌 성공하여 그녀에게 아름다운 보라색 드레스를 선물하였다.

이 이야기는 신화에 속하지만 실제로 BC 15세기 무렵부터 고대 페니키아의 수도인 항구도시 티레 지방에서는 보라색 염료를 조개에서 채취해왔다는 사실이 알려져 왔는데 이 산업이 크게 번성한 사실의 증거로 오늘날의 티레에서 홍합의 조가비가 쌓인 커다란 무더기가 발견되고 있으며 시돈에는 당시에 사용된 통의 유적이 지금도 남아 있다.

‘보라색’이 ‘티레의 보랏빛’ 혹은 ‘티레의 빛깔’로 불리는 이유도 이 때문이다.
당시에는 보라색을 모든 빛깔 가운데 가장 고귀한 것으로 여겼고 특권적 지위를 나타내는 것으로 여겼으며 특권적인 지위를 나타내는 것으로 사용하였다. 그 이유는 보랏빛은 아름다울 뿐 아니라 그 밖의 빛깔과는 달리 빛이 바래는 일이 없고 만드는데 많은 비용이 들었으므로 부자만이 만들 수 있었기 때문이다.

고대에는 일부 특권층 말고는 보라색을 사용할 수 없었다는 사례가 많이 있다.

로마에서는 도시가 만들어질 때부터 보라색은 국왕이나 황제 또는 중요 집정관과 같은 고위층 밖에는 옷의 색깔로 착용할 수 없었고 네로 황제 때에는 이 색깔의 착용이 더욱 엄격해져서 왕족이 아닌 사람이 착용하면 범죄자가 되어 사형과 재산몰수라는 엄벌을 받을 정도였다.

알렉산더 대왕과 페르시아의 여러 국왕들도 보라색의 착용은 국왕의 특권으로 삼았다.

클레오파트라가 타는 배는 다른 배와 구별하기 위해 보라색으로 돛을 달았다.

로마대법전을 편집케 한 바실리우스 1세는 보라색을 기초로 한 왕실의 관습을 만들었는데 그것은 궁전 안의 침실 하나를 '방'으로 이름 짓고 보라색 커튼을 치고 베일을 드리워 장식했는데 이 방에서 태어난 왕자에게만 '프로피폰 게니투스'를 즉, '보라색 속에서 태어났다'라는 칭호를 붙여 적통의 왕자로 삼았다.

물론 태어난 왕자는 즉시 보라색 천으로 감싸 키웠다.

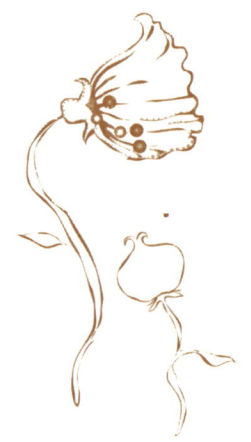

일등 포수의 눈물

피에르는 프랑스의 군인으로서 일등 포수였다. 그는 대포를 목표에 정확히 명중시키는 명포수로 프랑스 군대에서 아끼는 인물이었다.

그는 군인으로 자기가 맡은 일을 하면서 돈을 열심히 저축해가며 자기의 꿈을 이루는 날을 하루하루 눈앞에 그렸다.

드디어 그의 꿈대로 피에르는 저축한 돈으로 마을에 땅을 사 거기에 아름다운 집을 지었다.

집주변에는 예쁜 꽃들을 심고 울타리에는 고운

49

담쟁이덩굴을 심어 담을 타고 오르게 했다. 그는 군에서 퇴직하게 되면 그 아름다운 집에서 행복하게 지내려고 마음먹었다.

그때 프랑스와 독일간의 전쟁이 시작되었다. 독인군은 프랑스를 조금씩 점령해 나갔고 얼마 지나지 않아 피에르의 마을까지 전격해 왔다.

피에르가 언덕 위 대포 옆에서 쉬고 있을 때였다.

부대의 사령관이 피에르에게 다가오더니 명령을 내렸다.

"저 아래 집 한 채가 보이는데 그 작은 집을 향하여 대포를 겨누어라!"

피에르는 장군의 손끝이 가리키는 집을 바라보고 흠칫 놀랐다.

"그 집은 지금 독일 군대의 은신처가 되어 있다. 집안엔 독일군의 중요 문서가 가득차 있으니

너는 반드시 저 집을 폭파시켜야 한다. 조준! 준비!"

피에르는 아름다운 꽃들이 피어 있고 담쟁이덩굴이 담벼락을 타고 올라 푸르게 덮인 집을 물끄러미 쳐다보았다. 그리고 이내 사령관의 명령에 정신을 바짝 차렸다. 그의 손끝은 가늘게 떨렸다.

"사격!"
'쾅' 소리와 함께 집은 순식간에 하늘로 흩어져 내렸다.
사령관은 명중되는 장면을 보고 피에르를 칭찬하기 위해 돌아섰다.
피에르의 눈에는 눈물이 가득 고여 양볼을 타고 흘러내리고 있었다.
"아니, 왜 눈물을 흘리는가?"
사령관의 물음에 피에르는 대답했다.
"장군님, 저 집은 우리집입니다."

 칭찬이 짧을 이길 수 있다

데모스테네스는 아테네의 부유한 상인의 아들로 태어났으나 어렸을 때 아버지를 잃는 바람에 사기를 당하여 전재산을 잃었다.

데모스테네스는 아무도 자신의 말을 믿으려하지 않자 재판정에 사기를 친 사람을 고소했고 또 자신이 직접 변론을 맡기로 결심했다.

그러나 데모스테네스의 어눌한 말투 때문에 그는 재산의 일부만을 찾게 되었고 재판정에서 웃음거리가 되고 말았다.

그래서 데모스테네스는 그의 친구들에게 자신의 말투가 어떤가 하고 물었다.

친구들은 모두 그를 걱정한다는 투로 말했다.

"너의 목소리는 마치 신음소리와 같다."

"발음이 정확치 않아 무슨 말인지 모르겠다."

"말만 하면 됐지 어깨는 왜 들썩이는가."

등등, 친구들의 비난하는 목소리가 계속될수록 그의 어깨는 점점 처지기 시작했다.

데모스테네스는 자신의 결점이 그렇게 많은지에 대해 놀랐고 더 이상 아무런 용기가 나지 않았다. 그래서 그는 사람들과 말하기를 꺼려했고 자신의 잘못된 점만 되뇌게 되었다.

어느 날 우연히 바닷가를 거닐던 그에게 유노마스라는 노인이 다가와 말했다.

"재판정에서 그대의 연설은 마치 대웅변가 페리클레스의 것과 같았소. 결코 낙담하지 마시오.

다만 목소리가 잦아들어 음성이 약한 것이 흠이
오. 이것만 고친다면 그대의 목소리는 페리클레
스의 것과 다름없을 것이오."

　이 말이 힘이 되어 데모스테네스는 많은 노력
을 하여 27세에는 변호사가 되기에 이르렀고 마침
내 정부의 요직에 들어가게 되었다.
　그때 북방의 마케도니아의 필립이라는 영웅이
아테네를 침략하였는데 데모스테네스는 아테네
광장에서 시민들에게 연설하여 시민들의 힘을 결
집시켜 전쟁을 승리로 이끌었다.

　전쟁에서 참패한 마케도니아의 필립은 이렇게
말했다.
　"아테네의 육해군이 아무리 강하더라도 그것은
격파할 수 있으나 저 데모스테네스의 세치 혀끝
은 나의 날카로운 칼로도 막아낼 수 없다."
　칭찬이 없었던들 이루어질 수 없는 일이었다.

변호사 링컨

링컨이 변호사로 일하던 어느 날, 검은 리본을
단 부인이 링컨을 찾아왔다. 그녀는 얼마 전 죽은
잭 암스트롱의 아내였다.

잭은 링컨이 스물한 살 때 가게 점원으로 일하
던 유세일럼 지방에서 활개를 치던 깡패집단의
우두머리였다.

링컨은 그때 잭과 싸움이 붙었는데 링컨의 용기
에 감탄한 잭이 화해를 청해 친구로 지내게 되었다.

그 후 그들은 오랫동안 만나지 못했는데 느닷

없이 잭의 부인이 찾아온 것이었다. 부인은 살인 혐의를 받고 있는 잭의 아들 더프의 변호를 맡아 줄 것을 부탁했다. 링컨은 그 자리에서 두말하지 않고 즉시 모든 일을 제쳐놓고 무료로 변호에 나서기로 했다.

살인사건에서 가장 유력한 증인은 찰스라는 페인트공이었다. 그는 더프가 새총으로 사람을 쏘는 것을 직접 목격했노라고 증언했던 것이다.

사건이 일어난 시각은 밤 11시경, 찰스는 사건 현장에서 45m나 떨어져 있었지만 그날 마침 머리 바로 위에 보름달이 떠있었기 때문에 더프의 모습을 똑똑히 볼 수 있었다고 증언했다.

재판이 열린 날이었다.

찰스는 평소 주장대로 똑같이 주장했다. 찰스의 말이 끝난 뒤, 구겨진 바지에 손을 집어넣은 링컨이 일어섰다.

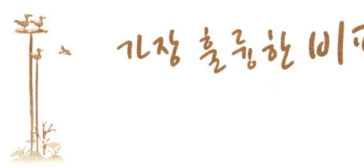

가장 훌륭한 비판

이제 갓 신문사에 입사한 신출내기 기자가 있었다.

신문사의 편집국장은 세련된 문체와 날카로운 비평으로 유명한 평론가였다. 신출내기 기자는 그런 편집국장 밑에서 일하고 있다는 것이 너무나 기쁜 나머지 그 편집국장을 닮으려고 애를 썼다.

어느 날 그 도시에 유명한 극단이 연극공연을 하게 되었다. 신문사에서는 이미 경력이 있는 여

기자와 그리고 새로 들어온 수습기자에게 연극공
연에 관한 기사를 제출토록 하였다.

　마침내 기회가 왔다고 생각한 기자는 선배기자
와 함께 공연장으로 갔다. 공연이 시작되기 전부
터 수습기자는 아주 열심히 무엇인가를 적어댔
다. 배우들의 움직임부터 무대장치까지 꼼꼼히
적어나갔다. 그러나 그의 수첩의 내용은 배우들
의 어색한 몸짓, 틀린 대사, 엉뚱한 행동 등에 관
한 것뿐이었다.

　연극이 끝나자 선배기자는 그에게 다가와 너무
나 훌륭한 공연이었다고 말을 건넸다. 그러나 그
는 마음속으로 자신의 날카로운 비평이 실리게
된 신문기사를 떠올리며 비웃었다.

　'나의 이 신랄한 논평이 이제 많은 사람들을 자
극할 것이다. 그러면 나는 내가 바라던 유명한 비

평가로서의 입지를 다져나갈 수 있을 것이다.'

다음 날 배우들을 칭찬하는 선배기자의 기사와 수습기자의 혹평기사가 나란히 편집국장의 책상에 올랐다. 편집국장은 만족한 웃음을 띠며 두 기사를 모두 신문에 싣기로 결정했다.

뛸 듯이 기뻐하던 그 기자가 우연히 극단 관계자를 거리에서 만났다. 기자는 아주 반갑게 그에게 인사했다. 그러자 극단 관계자가 말했다.

"당신의 기사는 많은 사람의 감정을 상하게 했소!"

칭찬을 받을 줄 알았던 기자가 놀라 어찌할 바를 모르자 극단 관계자는 다시금 말을 이었다.

"당신의 기사는 참 잘 썼소. 그러나 이 세상에 완벽한 것은 없소. 그리고 인생은 또 너무나 어려운 과정이라오. 우리는 우리 사는 동안 서로를 깎기 보다는 서로를 훌륭해지도록 도와야 하지 않겠소.”

그 말을 들은 기자는 선배기자가 쓴 칭찬의 글과 부드럽게 돌려 쓴 비평의 글을 함께 떠올리지 않을 수 없었다.

 위대한 꼴찌

방글라데시에서 가장 빠른 사나이는 라만 다운이라는 사람이다. 그가 1984년 LA올림픽에 참가했을 때의 일이다.

사실 다운은 방글라데시 건국 후 처음으로 올림픽에 출전한 선수였다. 그래서 온 국민은 TV나 라디오 앞에 모여 다운에게 열렬한 성원을 보냈다. 다운의 100m 경주가 있던 날, 수만 명의 관중이 지켜보는 가운데 다운은 출발선상에 발을 디뎠다.

그의 귓가에는 방글라데시 국민들의 환호성이

들리는 듯했다.

'탕!' 하는 출발신호와 함께 다운은 힘껏 발을 내디뎠다. 채 10초도 안 되는 짧은 순간에 순위가 정해졌다.

다운은 안타깝게도 맨 나중에 들어오고 말았다. 꼴찌를 한 다운은 수만 관중들이 보거나말거나 경기장에 털썩 주저앉아 통곡했다.

다운은 소리내어 울면서 이렇게 중얼거렸다.

"내 꿈은 이제 날아가고 말았다!"

경기가 끝나고 기자들의 인터뷰가 있었다. 한 기자가 다운에게 금메달이 목표였냐고 물었다.

그러자 다운이 말했다.

"저의 목표는 금메달이 아니었습니다. 제가 세운 100m 최고 기록을 전세계 수십 억의 인구와 방글라데시 국민들이 지켜보는 가운데 내 최고 기록을 다시 세우는 것이 꿈이었습니다. 그런데 그만 그 꿈을 이루지 못했습니다."

라만 다운은 결코 승부에 초점을 두지 않았다. 그는 그가 할 수 있는 최대한의 힘을 다해 자신의 최고 기록을 다시 세우는 것이었다.

결국 자신의 최고 기록을 갱신하지는 못했지만 조국 방글라데시는 열심히 싸우고 돌아온 라만 다운에게 영웅 대접을 해주었다.

인생은 겸만한 일

이집트 부영사관으로 임명받은 스물네 살의 프랑스인 레르디낭 드 레셉스는 먼 바닷길을 헤치고 이집트에 도착했으나 오랫동안 선실에 갇혀 있어야 했다. 선객 한 명이 전염병으로 죽었기 때문이다.

레셉스는 무료함을 달래기 위해 책 한 권을 펼쳤다. 그것은 5천 년 전에 이집트 왕이 홍해와 지중해를 연결, 유럽과 아시아를 운하로 통하게 하려다 실패한 기록이었다.

그때 유럽에서 아시아로 가는 배는 아프리카 대륙의 남쪽 끝을 돌아 인도양으로 나가야만 했다.

레셉스는 수천 년 동안 이루지 못한 이 역사적인 일을 언젠가는 자신이 성공시켜 보겠다고 다짐했다. 그러나 외교관인 그는 여러 나라를 바쁘게 돌아다니느라 '운하'에 대한 꿈은 점점 잊혀졌다.

20년이나 잠들어 있던 그의 꿈이 되살아난 것은 간신히 얻어낸 휴가 중에서였다.

레셉스는 신들린 듯이 운하 공사와 관계된 책을 읽고 오랜 조사 끝에 운하건설에 관한 세부계획을 발표했으나 이집트, 영국 등의 반대에 부딪혔다.

그러나 레셉스의 뜻은 꺾이지 않았다.

우여곡절 끝에 이집트, 영국, 프랑스의 협조로

운하의 공사가 시작된 것은 1859년 레셉스가 54세
가 되었을 때였다.

레셉스는 더 이상 외교관이 아니었다.

그는 타는 듯한 이집트의 뜨거운 햇볕 아래 다
른 일꾼들과 똑같이 일을 했다.

공사는 5만 명이라는 엄청난 인원이 일일이 손
으로 흙을 파 소쿠리에 담아 나르는 것으로 시작
되었다.

매우 분주하게 일했으나 도대체 끝이 보이지
않았다. 사람들은 공사를 지켜보면서 모두 고개
를 갸웃거렸다. 아무도 운하가 건설되리라곤 상
상하지 않았다. 레셉스는 사람들의 우려에도 한
치의 흔들림 없이 공사를 진행시켰다.

1869년, 레셉스가 스물네 살부터 꿈꾸어 온 운하
는 기적적으로 완성되었다. 63세의 노인이 된 레
셉스는 운하를 지나는 배를 바라보며 눈물을 흘

렸다.

　그는 수에즈 운하 건설로 수백 개의 훈장을 탔
으나 그를 기쁘게 한 것은 그의 꿈이 이루어졌다
는 사실이었다.

 기도

　2차 세계대전이 한창이었던 1943년 1월 22일, 뉴욕항을 떠난 연합군병력 수송선 도체스터 호는 어둠을 가르며 북으로 북으로 향하고 있었다.

　조용한 밤바다에 떠가는 배는 그지없이 평화로워 보였으나 사실은 언제 독일군 잠수함의 공격을 받을지 모르는 상황이었다.

　병사들은 선실, 지하실, 기계실까지 빽빽하게 가득차 있었다. 그들은 언제 죽을지 모르는 초조함과 두려움으로 말을 잃었으며 거의 매일 뜬눈으로 밤을 지냈다.

그러나 도체스터 호에는 유일하게 웃는 네 사
람이 있었는데 그들은 모두 군인 군목들이었다.
폭스는 감리교, 구드는 랍비였으며 폴링은 칼빈
파, 워싱턴은 가톨릭교도였다.
이들은 두려움에 떠는 병사들을 위해 작은 음
악회를 열었고 유머 넘치는 이야기와 늘 밝은 웃
음으로 희망을 주었다.

2월 3일 새벽.
'쿵' 하는 소리와 함께 배가 한쪽으로 기울기 시
작했다. 독일 잠수함 U보트의 포탄을 맞은 것이
다. 도체스터 호는 아수라장이 되었다. 비상 훈련
을 기억해 내는 병사는 아무도 없었으며 서로 부
둥켜안고 울부짖었다.

그러나 그 와중에도 네 명의 군목들은 매우 침

착했다. 군목들은 병사들을 구명정 타는 곳으로 안내했으며 구명조끼를 하나씩 나누어 주었다.

마지막에는 자신이 낀 장갑과 구명조끼까지 벗어주었다.

도체스터 호에 점점 물이 차올랐다.

더 이상 구명보트도 구명조끼도 없었다. 사람들이 절망하여 바다로 뛰어들자 네 명의 군목들은 서로 팔을 끼고 기울어진 갑판에 서서 침착한 목소리로 기도를 하기 시작했다.

병사들이 한 명씩 한 명씩 군목 주위로 몰려들었다. 병사들은 더 이상 울부짖지도 공포에 떨지도 않았다.

그들은 평온한 얼굴로 네 군목들의 기도를 따라했다. 파도 소리 하나 들리지 않는 고요한 밤바다에 라틴어, 히브리어, 영어로 기도소리가 하늘로 메아리치고 있을 뿐이었다.

마침내 도체스터 호는 뱃머리를 쳐들고 천천히
바다 밑으로 사라졌다.

 어떤 **모습**으로 **살아야 할까**

엄과 돈이는 마원의 두 조카들이다.

엄과 돈이는 평소 힘 있는 애들과 놀기를 좋아하고 남 앞에서 곧잘 우쭐대는 편이었다. 먼 곳에서나마 늘 조카들을 염려하고 있던 마원은 이들에게 두 사람의 인간상을 제시하며 다음과 같이 일러주었다.

"용백고라는 사람이 있단다. 생각이 신중하여 작은 일 하나도 경박하게 처리하지 않는 그는 많은 미덕을 가지고 있단다.

말 한마디도 소홀히 내뱉지 않는 것은 물론 겸손과 절약을 몸에 밴 듯이 익히고, 그리고 남들에게는 공평한 자세를 견지하면서도 늘 품위를 잃지 않지.

나는 그를 몹시 사랑해. 우리 조카들이 본받았으면 참 좋겠다는 생각을 한단다. 그리고 다른 한 사람은 두계량으로서 유달리 호탕하고 의협심이 강한 그는 남에게 걱정거리가 있으면 그것이 마치 자기일인 것처럼 함께 걱정해 주고, 반대로 즐거운 일이 있으면 그것이 마치 자기에게 있는 일인 양 덩달아 좋아해 주지.

그래서 좋은 사람에게나 나쁜 사람에게나 존경과 사랑을 받아, 아버지가 돌아가셔서 장례를 치를 땐 먼 고을에서까지 많은 사람들이 찾아주었단다.

나는 그를 존경하지 않는 것은 아니지만, 너희들에게 특별히 권장하고 싶은 마음은 없단다."

낮에는 별이 보이지 않는다

그것은 왜일까?

너희들이 만일 용백고를 존경과 모범의 대상으로 삼아 그처럼 되려고 열심히 노력한다면 비록 그에게는 미치지 못하는 일이 있더라도 부족하나마 근실한 사람이 될 수 있을 게다.

고니를 만들다 고니가 되지 못하면 따오기라도 될 수 있는 것처럼.

그러나 만일 너희들이 두계량을 모범으로 삼아 그를 본받으려다 제대로 두계량이 되지 못하면 곧바로 경박한 사람으로 전락하고 말기가 십상일 게다.

호랑이를 그리려다 제대로 호랑이 모습이 나오지 않으면 도리어 개가 되고 마는 것처럼.”

오늘을 사는 우리에게 가장 먼저 떠오르는 인간상은 어떤 것일까?

사실 늘 익혀 왔지만 역사속의 위인들이 뚜렷한 모습으로 바로 그려지지 않는다. 그것보다는 현실 속에서 화려한 모습으로 살아가는 이른바 대중의 스타들에게 보다 많은 관심과 동경이 보내지는 게 사실이다.

다양한 가치가 공존하는 현실 속에서 삶의 다양성이 함께 뒤따르는 것은 당연하다. 그러나 그것이 자칫 가치의 기준조차 모호하게 하는 데까지 이르고 있지는 않을까?

마음의 태(態)를 살피는 것보다는 외모의 미추에 더 관심을 기울이고 오랜 노력 끝에 얻는 뿌듯한 기쁨보다는 순간의 감각에 의존하고 단박의 즐거움을 찾으려 드는 게 우리의 의식의 모습들이다.

갈포 옷을 입고 있어도 마음속에 옥을 품고 있다면 어떨까.

존 베이커 학교

존 베이커는 미국 앨버쿼키 주의 아스펜 학교의 육상담당 코치였으며 올림픽에서 금메달을 기대할 정도로 유망한 육상선수였다.

1969년 5월, 스물다섯의 존은 '암' 이라는 사형선고를 받았다. 존은 '차라리 죽어버리자' 라는 생각으로 낭떠러지까지 차를 몰았으나 가족과 천진스런 아이들의 얼굴을 떠올리고 발길을 돌렸다.

'내가 아이들에게 아무리 힘들고 어렵더라도

최선을 다해 끝까지 뛰라고 해놓고선……. 그래
아직 시간이 남아 있다. 그동안이라도 아이들을
열심히 가르쳐보자.'

존은 스스로 너무나 부끄러워 하염없이 울었
다. 암 수술을 받은 존은 가족들의 만류를 뿌리치
고 아스펜 학교로 돌아갔다. 그가 암에 걸렸다는
사실은 가족만 알 뿐 아무도 몰랐다.

존은 능력을 인정받아 성적이 부진한 여학생들
의 육상클럽의 코치 자리를 맡았다.

어느 날 존은 선수들에게 자신이 지난날 받은
두 개의 트로피를 가져왔다.

'이것은 내 소중한 보물들이다. 하나는 끝까지
쓰러지지 않고 달린 사람에게 줄 것이며 다른 하
나는 가장 빨리 달린 사람에게 주겠다.'

존이 그 여학생팀을 맡으면서 팀의 성적은 눈
에 띄게 좋아졌다.

"선생님, 육상대회 나가서 최선을 다해 꼭 우승하겠습니다."

여학생들의 말에 존은 마음속으로 기도했다.

'제발 시합 때까지 만이라도 살아 있게 해주세요. 아이들의 시합을 볼 수 있다면 얼마나 좋을까……'

물 한 모금 삼키지 못할 정도로 병이 깊어진 존은 끝내 1970년 11월 23일 운동장에 쓰러져 조용히 숨을 거두었다.

존이 죽은 지 이틀 뒤인 11월 25일 세인트루이스에서 열린 육상대회에서 존의 여학생팀은 1등으로 입상했다.

여학생들은 눈물을 흘리며 시상대에 올랐다.

그 뒤로 사람들은 아스펜 학교를 '존 베이커 학교'로 이름을 바꾸어 존을 기념했다.

어느 우편배달부의 기쁨

'**보내주신** 서신 잘 받았습니다…… 이 나라의 민주화를 완전히 실현하는 것만이…… 감사합니다.'

강릉지역에 편지를 배달하는 집배원 최기식 씨는 87년 가을, 당시 통일민주당 김영삼 총재로부터 뜻밖의 감사편지를 받았다.

최기식 씨는 그즈음 자신이 배달하는 수취인 불명 편지에 일일이 사유서를 써서 편지를 반송해왔는데 김총재가 보낸 편지도 그 중의 하나였던 것이다.

'주소지에 그런 사람이 없습니다. 동사무소에도 알아보았으나 찾을 수 없었으니 전화번호라도 가르쳐 주면 반드시 배달해 드리겠습니다.'

편지와 함께 되돌아온 이 짤막한 사유서에 김 총재가 감사의 말을 전한 것이다.

최기식 씨가 하루 배달하는 우편물은 천여 통, 그 중에서 그가 일일이 반송 이유서를 동봉하는 수취인 불명의 편지는 한 달 25통 정도이다. 과중한 집배업무에도 불구하고 정확한 반송 이유를 찾기 위해 동사무소와 주변 사람을 열심히 찾아다니는 최기식 씨.

그의 이런 정성은 7년 전 자신 앞으로 반송돼 온 '수취인 불명'이란 빨간 도장이 찍힌 편지 한 통 때문에 시작되었다. 그때의 불쾌감을 잊을 수 없어 시작된 편지반송 작업은 그에게 삶의 보람과 일의 기쁨을 가져다주었다.

전국에서 보내오는 감사의 편지들, 그리고 그 일이 계기가 되어 만나게 된 새로운 사람들이 그에게 집배원이란 어렵고도 고달픈 외길을 걷게 하는 것이다.

오늘도 최기식 씨는 강릉의 어느 골짜기에서 반송될 편지의 이유를 찾기 위해 헤맬 것이다.

"**우리는** 흔들리거나 낙심하지 않을 것입니다. 우리는 어떠한 대가를 치르더라도 우리의 섬을 지킬 것입니다. 우리는 해변에서 싸우고, 상륙지에서 싸우고, 들판과 길거리에서 싸우고 산속에서도 싸울 것입니다. 우리는 결코 항복하지 않을 것입니다. 우리는 더욱 강해지는 힘을 가지고 싸울 것입니다."

1940년 6월, 덩케르크에서의 패배를 겪은 후 영국 하원에서 울리던 윈스턴 처칠의 영국민을 향

한 격려의 목소리입니다.

　이 힘차고 단호한 목소리를 듣고 영국인은 하나같이 자신감을 가지고 승리의 길에 나서게 되었습니다.

　마크 트웨인은 멋진 칭찬을 한번 들으면 그것만 먹고 두 달은 살 수 있다고 합니다.

　우리는 누구나 자기를 칭찬해 주는 말을 들으면 그 말이 준 뿌듯한 기분을 잊지 못하고 마음속에서 그 말을 거듭거듭 되뇌곤 합니다.

　캘리포니아의 대학 UCIA의 유명한 농구코치 인존 우든은 선수들에게 자기가 득점하면 볼을 자기에게 패스해 준 선수에게 반드시 미소를 짓거나 고개를 끄덕이거나 윙크를 해주라고 일렀습니다.

　어떤 선수가 물었습니다.

　"그 선수가 나를 보지 않으면 어떻게 하지요?"

"틀림없이 보게 되어 있어."

우든의 대답이었습니다.

제2차 세계대전의 마지막 대공세가 진행되고 있을 때 드와이드 아이젠하워는 라인 강 근처를 거닐다가 시무룩해 보이는 사병 한 명을 만났습니다.

"기분이 어떤가?"

그가 물었습니다.

"장군님 저는 몹시 초조합니다."

젊은 군인이 대답했습니다.

"그렇다면 자네는 나와 좋은 짝이 되겠군. 나도 초조하니까 말일세. 우리 함께 산책이나 하세. 서로에게 도움이 될 걸세."

설교나 충고가 아닌 얼마나 훌륭한 격려의 말입니까?

상투적인 격려의 말은 아무런 도움이 되지 않

습니다. 진정한 격려는 잘 다듬은 편지와도 같습니다.

미국의 시인 월트 휘트먼은 사람들이 자기에게 관심을 갖게 하려고 여러 해 애를 썼습니다. 그는 낙담하고 있었습니다. 그러던 중 짧은 편지 한 통을 받았습니다.

편지의 내용은 이런 것이었습니다.

"휘트먼 선생님께,

나는 「풀잎」(휘트먼의 시)에 나타난 놀라운 재능이 갖는 가치를 외면할 수 없습니다. 그것은 지금껏 미국이 만들어낸 가장 뛰어난 기지와 지혜의 작품이라고 생각합니다. 시인으로서의 위대한 새 출발을 축하드립니다."

편지를 보낸 사람은 랠프 월로 앨머슨이었는데 그는 휘트먼을 격려할 수 있는 적절한 말 한마디를 찾느라 무진 애를 썼다고 합니다. 단순한 격려가 기억에 남을 만하게 해주고 싶었던 것입니다. 주위를 살펴보고 격려의 대상을 찾아 최선의 격려를 그에게 해주십시오.

# 퍼스트레이디가 된 식당 아줌마

일본의 81대 새총리에 무라야마 도미이치 씨가 선출되자 전 일본 열도가 들썩거렸다.

사회당 출신이 총리자리에 오른 것은 1947년 이래 47년 만이었기 때문이었다.

사람들의 시선이 무라야마 도미이치 씨에 모아지고 있는 동안 오이타 지방의 청사 식당 식구들은 무라야마의 부인에 대한 얘기를 나누며 몹시 기뻐하고 있었다.

"무라야마가 총리가 된 것은 우리의 억척 아줌

마 요시에가 있었기 때문이지."

"항상 웃는 요시에의 얼굴은 늘 우리를 편안하게 했었지."

주방에서 새어 나오는 얘기의 주인공은 그 식당에서 25년간 일해 온 식당 아줌마 요시에 여사였다.

그녀가 바로 일본의 새 퍼스트레이디, 무라야마 총리의 아내였던 것이다.

요시에 여사는 남편이 공부에만 전념하여 생활비를 가져오지 못하자 지난 62년에 오이타 현청의 직원식당에 어렵게 일자리를 구했다. 그녀가 맡은 일은 새벽 4시에 시장에 나가서 야채와 생선을 사다가 트럭으로 나르는 것이었다. 요시에 여사는 이 일을 남편이 당원에서 총수인 위원장에 오를 때까지 묵묵히 계속했다. 그러면서도 틈틈이 선거 때면 산동네를 오르며 남편을 도왔다. 그러나 이 같은 중노동에 그만 허리를 다친 요시에 여사는 3년 전인 1991년에 식당 일을 그만두게 되었다.

무라야마는 부인이 병이 나자 은퇴를 결심했다. 고향에 돌아가 아내의 병 치료에 전념하며 여생을 보내려 했던 것이다. 그러나 무라야마의 능력과 인품을 아까워한 주위 사람들의 권유와 아내의 부탁에 그는 '딱 한번'이라는 조건을 내세워 출마했다. 그리고 그는 당당히 일본을 대표하는 총리에 선출되었다.

총리의 자리에 오른 무라야마 신임총리는 말했다.
"정말로 총리가 될 줄 몰랐다. 아내에게 고생을 시켜서 뭐라고 할 말이 없다. 지금의 나를 만든 것은 나의 아내이다."

사람이 만드는 세상

세월이 지나가면서 곁에 있던 사람들의 얼굴도 늘 한결같지 않다. 상급학교에 진학할 때마다 선생님의 얼굴이 바뀌고 결혼을 하면 새로운 집안 어른과 일가친척이 생긴다. 반상회에 가면 가끔 모르던 얼굴이 보인다.

이사를 가고 다시 이사를 와서 이웃이 바뀐 것이다. 하나, 둘 세상을 하직하는 사람이 있는가 하면 또 새로 태어난 아이들도 있어서 우리 주변의 얼굴들이 계속 신진대사를 한다.

세월이 흐른다는 말은 사람들이 바뀐다는 말이

라는 것을 요즘에야 깨닫게 되었다.

물이 흐르면서 윗물과 아랫물이 섞이고 소용돌
이에 휘말려서 같이 가던 물살과 헤어지지기도
하듯이, 벼랑을 만나면 폭포가 되어 뛰어내리고
큰 바위를 만나면 산산조각으로 물보라가 일어나
듯이, 우리도 살아가면서 어쩔 수 없이 함께 하던
사람들을 잃어버리게 되나보다.

세상이 무섭다는 말은 결국 사람들이 무섭다는
말이다. 세상이 험하다는 말은 결국 인간성이 험
하다는 말이다.

천둥벼락이 치고 전염병이 창궐할지라도 내 곁
에 따뜻하고 든든한 사람이 있어 서로 의지하여
사랑을 나눌 수 있다면 아무것도 두렵지 않을 것
이다. 그러나 기화요초 만발한 무릉도원이라도
사람을 믿을 수 없고 좋아할 수 없다면 그것은 이
미 낙원이 아니다.

더불어 살 사람이 없는 낙원은 아무런 매력도 느낄 수가 없다.

우리는 사람 사이에 살면서도 늘 사람을 그리워한다.

때로는 사람들 사이에 끼는 것이 지겨워져서 사람들을 피하여 멀리 산수를 찾아 떠나기도 하지만 오래 견디지 못하고 사람들이 그리워 돌아온다.

자연도 경치도 사람을 제외하고서는 의미를 갖지 못하기 때문일 것이다.

그러나 사람들의 입에서 살 수 없는 세상이라는 말이 나온다. 사람들이 주도하는 사람이 주인공인 세상에서 몹쓸 세상이라는 말이 나오고 있다.

참으로 걱정스러운 일이다.

사람들, 모순덩어리의 어리석은 존재이면서도

무한한 가능성으로 신에게 도전하는 존재, 눈물이 있고 피가 흐르고 감정과 생각이 있고, 그리고 그것을 표현할 줄 아는 존재. 우주 삼라만상의 무수한 사물 가운데서 사람으로 태어났다는 것은 얼마나 큰 축복인가?

그리고 사람이 따뜻해지는 일이다. 사람임을 자각하면서 사람을 소중하게 생각하는 사람들이라면 사람이 살기 좋은 세상을 만들 수 있을 것이다.

물이 흐르듯이 늘 한결같지 않고 바뀌는 주변 사람들의 얼굴을 본다. 새로 태어난 아기의 천사같이 순결하고 맑은 얼굴을 본다. 그리고 거센 흙탕의 물살이 진정되고 시간의 흐름에 따라 가라앉는 물의 정화를 생각한다.

온화하고 아름다운 세상의 회복은 그렇게 불가능한 일만은 아닐 것이다.

텔레비전 소동

아트는 회사가 끝나자마자 곧바로 집으로 돌아왔다.

오후에 예약 녹화한 미식축구 경기를 보기 위해서였다. 그러나 어린 아들이 TV를 이용한 컴퓨터 야구게임을 하고 있었기 때문에 한참을 기다려야 했다.

게임이 끝나고 아트가 막 테이프를 돌리려 하자 그의 아내가 테이프를 빼앗았다. 드라마를 봐야 한다는 것이었다. 아내의 말을 듣고 아트는 드라마를 녹화했다가 저녁 11시에 보라고 했다. 그러자 아내는 그 시간엔 추억의 명화 '카사블랑카'를 꼭 봐야한다며 고개를 저었다.

　잠시 동안 얼굴을 찡그린 아트가 무릎을 탁 쳤다.

　"드라마는 녹화해서 오늘 밤 11시에 보고 '카사블랑카'는 일요일인 내일 오전에 보면 어떨까?"

　그의 아내는 탐탁찮은 얼굴로 아이들과 함께 찍은 비디오는 언제 보느냐고 물었다.

　"그거? 내일 점심 식사하면서 아이들과 함께 보면 되잖아."

　이번엔 딸이 끼어들었다.

　"안 돼요, 아빠. 그 시간엔 뉴욕 자이언트팀의 야구경기가 있어요."

　"그러면 야구경기가 끝난 오후에 비디오를 보자구요. 그리고 오후에 온가족이 보기로 한 자연 다큐멘터리를 녹화했다가 저녁때 보면 어때요?"

아트의 아내가 좋은 생각이란 듯이 웃으며 말
했다.

그러나 아트는 웃지 않고 있다가 빌려온 '클레
오파트라' 비디오테이프를 월요일 저녁까지 돌려
줘야한다며 걱정했다. 고심 끝에 아트는 월요일
하루를 결근하고 아침나절에 비디오를 보고 저녁
에 돌려주기로 결정했다.

"자 모든 게 잘 됐구나. 월요일 저녁엔 우리 가
족과 내 친구 가족들 모두 모여서 저녁식사하기
로 한 것 잊지 않았겠지."

"하지만 여보, 월요일 저녁 6시에 하는 클래식
뮤직쇼는 어떻게 해요?"

아내가 다급하게 말을 잇자 아트는 조금씩 화
가 나기 시작했다.

"그건 녹화해서 식사가 끝난 뒤 돌아와서 보라
구!"

"안 돼요, 아빠. 그날 밤엔 미식축구 야간 경기

가 있잖아요!"

"그것도 녹화했다가…… 여보 그런데 그건 언제 보죠?"

아내가 말끝을 흐리며 아트에게 물었다.

"화요일에."

"당신 화요일도 회사 안 나갈 거예요?"

그러자 아트가 벌겋게 달아오른 얼굴로 소리를 빽 질렀다.

"어떻게 나보고 출근하란 말이오! 집에 할 일이 줄줄이 있는데……."

 늙지 않는 생각

서원곡 능선 발치에 시가지보다 높은 언덕에 자리한 학교에는 운동장 동쪽에 남북으로 언덕을 따라 스탠드가 만들어져 있으며 그 위에 철제 받침대를 얽어 등나무 차일을 이루고 있다. 그래서인지 교목이 등나무이다.

요즘 출근 때면 보라색 등꽃이 만발한 가운데 바람결에 밀려드는 등꽃 향기에 흠씬 젖으며 즐거운 하루를 시작한다.

삼십 년 외길 교직의 절반이 되는 십오 년을 같은 학교에서 봉직한 셈이다. 휴식을 알리는 종이 울리면 등나무숲 뒤쪽 연못에는 분수가 치솟고 연초록잎들이 햇살을 받아 더 밝은 빛으로 꽃향기와 어우러져 가벼운 흥분 같은 설렘으로 남는다.

나무들 사이에 놓은 벤치에서는 예비숙녀들의 조잘대는 대화가 요란하다.

5월의 하늘처럼 청량하여 그대로 환희와 열락의 화음들이다. 교무실 창가에서 멀리 바라보는 나의 마음은 나이를 잊은 소년소녀가 되는 것인지도 모른다.

마냥 즐거운 마음에 나의 주변을 사랑하게 된 것이리라.

김해는 시내만 벗어나면 어디를 가나 물과 산 그리고 들판이 어우러진 풍경이 아름다운 고장으로 마음을 편안하게 해준다.

신어산 가슴팍에 고색창연한 서림사와 동림사는 낙동강을 굽어볼 수 있어 옛날 가락국의 소박하고 온화한 전설과 설화들을 떠올리게 한다.

곳곳에 배어 있는 역사의 향기를 맡으며 유서 깊고 비옥한 금벌(김해 평야)의 젊고 푸르게만 느껴지는 약동을 가슴에 새겨본다.

절제와 검약으로 외길을 걸어온 세월은 5년 후에는 막을 내릴 것이다. 그러나 나에게 배운 6천 명이 넘는 졸업생들은 나를 기억하리라 믿는다.

그들을 속이지 않았으며, 수업에 게으르지 않았으며, 주어진 시간을 보람 있게 쓰려고 그들을 다그쳤기 때문이다.

이따금 창문을 열면 등꽃 향기가 밀려와 가슴을 펴고 깊은 숨을 들이킨다.

눈길을 먼 들판 끝 바다가 있는 녹산 쪽으로 보낸다.

산과 들판이 날로 싱싱하고 푸르러진다.

나도 생동하는 5월처럼 늙지 않을 가슴을 간직하리라 다짐한다.

 하루살이

여러 해 전에 들었던 우스갯소리 가운데 이런 것이 있다.

남달리 괴팍한 버릇을 가진 한 친구가 있었다.

이 친구는 거의 날마다 술을 마시고 자정 무렵에나 하숙집을 찾아들었다. 제몸도 가누지 못할 정도가 되어서는 툭하면 방안에까지 신발을 신고 들어갔다.

그리고는 신발을 벗어 방 밖에다 핵 집어던지기가 일쑤였다. 이 친구는 다른 하숙생들이 막 잠

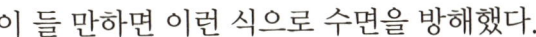

이 들 만하면 이런 식으로 수면을 방해했다.

"이와! 김 형, 잠 좀 잡시다. 잠 좀 들 만하면 구
두를 와당탕 퉁탕 벗어던지니 무슨 심보요."

"아이구 미안합니다. 술김에 나도 모르게 그만
자꾸 그러네요."

마침 바로 옆방에 살던 하숙생 하나가 견디다
못해 거칠게 항의했다. 그러나 이런 항의에도 불
구하고 이 친구의 술주정은 크게 달라지지 않았
다.

그러던 어느 날, 역시 늦게 귀가한 친구는 예외
없이 구두를 벗어 와당탕 방 밖에다 내던졌다. 그
러나 웬일인지 한밤의 고요를 깨는 소리는 한 차
례뿐이었다.

헌데 이게 웬일인가.

옆방에서 으레 그러려니 여기고 있던 하숙생이

도리어 불안해지기 시작했다. 나머지 다른 한 짝도 마저 벗어던져야 상황이 끝날 텐데 아무리 기다려도 아무 소리가 없었다.

"여보 김 형, 어젯밤에는 어떻게 된 거요. 아무리 기다려도 신발 벗는 소리가 나지 않으니 그 덕에 나는 잠만 설쳤구먼."
"저런저런, 미안합니다. 나는 신을 벗다가 문득 형씨 생각이 나서 다른 한 짝은 그만 슬그머니 벗어서 내놨는데……."

그렇다.
우리의 습관이란 이렇게 무서운 것이다.
나도 알지 못하는 사이에 몸과 마음이 길들여지고 그렇게 한 번 길들여진 습관은 엄청난 결과를 빚는 법이다. 특히 자신도 모르게 일정한 생각에 길들여진 마음은 큰 낭패를 가져온다.

어느 겨를에 그 생각은 고정관념이 되고 고약
한 선입관이 되기 때문이다.

이와 같이 잘못된 생각에 한번 걸려든 사람은
창의성 있는 새로운 생각을 결코 해내지 못한다.
또 상식이란 말로 널리 통하는 경험지(經險知)에
손쉽게 의지하다 보면 그 앎의 테두리에 아무런
회의 없이 그만 주저앉아 버리고 만다.

우리가 아주 작은 앎에 안주해서 보다 큰 세계
와 앎을 잊고 있다면 얼마나 큰 비극인가.

무더운 여름 한철에 사는 하루살이는 가을의
해맑은 하늘과 겨울의 혹독한 추위를 모른다.

어머니의 결심

대부분의 사람들은 닐 암스트롱이 달에 첫발을 내디딘 것을 그의 인생에서 가장 중요한 발걸음이었다고 생각한다. 그러나 그의 인생에서 가장 중요한 발걸음은 1945년 6월의 어느 날 그의 어머니가 내딛게 해주었다.

이야기는 1930년대 초로 거슬러 올라간다. 손이 귀한 암스트롱 집안에서 태어난 닐은 어려서부터 비행기를 몹시 좋아했다.

당시 닐이 살고 있던 클리블랜드에는 작은 비

행장이 있었는데 닐에겐 비행장 철조망에 매달려 비행기가 뜨고 내리는 것을 쳐다보는 것이 유일한 낙이었다.

닐은 비행기에 대한 꿈을 한시도 잊은 적이 없었다.

1944년, 닐은 열네 살의 나이에 웨이퍼 훈련기지에 정비공 조수자리를 얻게 되었다.

닐은 너무나 기쁜 나머지 어머니에게 달려와 말했다.

"어머니, 비행기 기지에서 조수자리를 얻었어요. 그 대가로 저는 비행기술을 조금씩 배우게 될 거예요!"

어머니는 닐의 자신 있는 모습에 비행기술을 배워도 좋다고 허락했다.

그로부터 2년이 지난 1946년 6월 웨이퍼 기지에

서 비행기 사고로 한 명의 비행사가 목숨을 잃는
끔찍한 사건이 발생했다.

어머니는 혹 닐이 사고를 당한 게 아닌가 하고
조마조마했으나 다행히 닐은 무사히 집으로 돌아
왔다.

비행기 사고를 목격한 닐은 우울증으로 오랫동
안 말을 하지 않았다.

어머니는 비행을 그만두게 하고 싶었으나 닐의
결정에 따르기로 했다.

"닐! 비행에 대해서는 결정했니?"

"네, 어머니. 저는 비행을 계속할 거예요."

닐의 단호한 목소리에 어머니는 순간 비행기
사고로 죽은 조종사의 어머니가 눈물을 흘리는
모습이 떠올랐다.

어머니는 침착하게 말했다.

"그래, 나와 아버지는 네 결정에 따를 것이다."

어머니의 가슴은 방망이질 쳤다.

"그리고 널, 비행기 면허를 따면 나를 맨 먼저 태워주겠니?"

어머니는 두려움을 감추며 웃고 있었다.

저는 대기 중입니다

중국 본토가 공산화되기 전에 상하이에 파견되었던 뉴욕타임즈 신문사의 기자 한 명이 중국에서 한 미국인을 만나게 되었다.

전쟁통이라 인심이 흉흉했기 때문에 낯선 땅에서 같은 나라 사람을 만난다는 것은 굉장히 반가운 일이었다.

"당신이 무엇을 하는 사람인지 물어봐도 되는지요?"

기자가 인사를 청하며 묻자 그 미국인도 반갑게 맞았다.

"예, 나는 선교사로서 중국인에게 기독교를 전파하고 있습니다."

선교사라는 미국인의 몸에는 군데군데 상처가 나 있었고 피곤이 역력했다. 그러나 그의 눈빛만은 반짝이고 있었는데 그것을 의아하게 생각한 기자가 무슨 일이 있었느냐고 다시 물었다.

그 선교사는 공산당원들에게 포로로 붙잡혀 고생을 했는데 의자에 앉혀놓고 조금이라도 움직이면 채찍으로 얼굴을 후려쳤다고 한다.

이 고문은 며칠 동안 계속되었는데 얼굴이 찢어져 피가 흘러도 닦지 못한 채 앉아 있어야 했다. 또 목을 개처럼 묶어 거리로 질질 끌고 다녔는데 공산당원들은 그런 식으로 종교를 박해했다고 한다.

그러다가 사형 명령이 내려져 사형장으로 끌려

가는 도중에 구사일생으로 살아났다는 것이었다.

그 말을 듣는 동안에 깊은 감명을 받은 기자가 말을 했다.

"고생 많이하셨습니다. 이제 미국으로 돌아가시면 위로도 받고 조국이 더 좋게 느껴지겠습니다."

"돌아가지 않을 것입니다."

"아니 왜 돌아가지 않는다는 것입니까? 그러면 당신은 어디로 갑니까?"

"글쎄요. 어디로 갈지 모르지만 다음 선교자의 임명을 대기하고 있는 중입니다."

기자는 그 말을 듣고 입을 딱 벌리고 앉아 있었다.

 학과 봉의 우정

1592년 임진왜란이 일어나자 우리나라 강토는 역사상 그 유래를 찾아 볼 수 없을 정도로 잿더미가 되었다.

이때 활약한 인물로 이순신, 권율 같은 장수가 있었으나, 남다른 우정으로 서로 격려하여 나라를 구하기 위해 신명을 바쳤던 서애 류성룡(柳成龍, 1540~1607)과 학봉 김성일(金誠一, 1535~1593)도 빼놓을 수가 없을 것이다.

서애는 풍천 하회가 고향이었으나 외가가 있는

의성 사촌리에서 태어나 어릴 적부터 관찰사를 지낸 아버지의 임지를 따라 살았기 때문에 대부분 고향을 떠나 살았다.

그러나 학봉은 안동 천천리에서 태어나 서른 살이 되어 벼슬에 오르기까지 줄곧 고향에서 지냈으며 그 뒤에도 조정에 몸담고 있는 것보다 고향에서 독서하는 기간이 훨씬 많았다.

이러한 성장과정은 두 사람의 성격을 완전히 다르게 했다.

김성일은 꼿꼿한 선비기질로 불의를 한 치도 용납하지 않았는데 임금 앞에서도 조금도 굽히지 않으므로 '전사호' 즉, 임금 앞의 호랑이라는 별명을 얻을 정도였다.

반면에 류성룡은 원만한 성격으로 타협의 명수

였고 싸움을 말리고 일을 조정하고 헐뜯는 말을 입에 담지 않는 조선조의 전형적인 정치가였다.

김성일은 열아홉 살 때 도산으로 가서 이황의 곁에서 글을 배웠다. 도산에는 영재들이 구름같이 몰려들었는데 김성일은 아호 그대로 군계일학이었다.

류성룡은 스물한 살 때 이미 명망이 높던 김성일을 찾아 금계로 갔다.

학과 봉이 만났으나 서로 추켜올리는 것으로 이야기는 시작되었다.

"우리들이 선생을 따른 지 오래되었으나 한마디 칭찬이 없으셨는데, 선생님께서는 그대를 한번 보고는 '이 사람은 하늘이 냈도다. 뒷날 큰 공을 이룰 것이라' 하셨네."

한 점 질투나 꺼리는 마음 없이 솔직하게 말하는 김성일을 류성룡은 항상 나는 모든 일에서 학봉에게 미치지 못한다고 칭찬해 마지않았다.

　그러다 김성일이 통신사로 일본을 다녀와 선조 임금께 일본은 우리나라를 침략할 기색이 없다고 보고하여 뒤에 이의 문책이 있자 류성룡은 '인심을 진정시키기 위한 충정에서 나온 것이니 죄 주어서는 안 된다' 고 임금을 설득했다.

　김성일은 임진왜란이 일어난 이듬해 류성룡의 많은 도움을 뒤로하고 진주의 공관에서 숨을 거두었다.
　이 소식을 들은 류성룡은 '평생 동안의 지우는 오직 그 한 사람뿐이었다' 고 하며 통곡했다.
　류성룡은 그가 죽은 지 5년 뒤에 당파싸움에 몰려 고향으로 내려왔다.
　그 뒤 10년간 임진왜란의 전말을 적은 『징비록』을 저술했는데 여기에서나마 죽은 벗의 넋을 위로하고 있다.

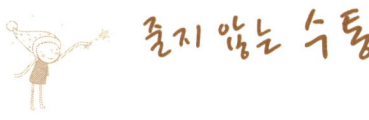

줄지 않는 수통

소대는 불꽃 튀는 전투를 한 차례 치르고 이제 숨을 돌리고 있었다.

넓적다리에 총알이 박힌 선임하사는 다리의 고통보다 목마름의 고통에 더 시달리며 물을 애타게 찾았다.

마침 위생병이 그 소리를 듣고 탄띠에 매달린 수통주머니에서 수통을 꺼내 선임하사 곁으로 달려왔다.

선임하사는 빼앗듯이 위생병의 수통을 낚아채

서둘러 수통의 마개를 돌려 열었더니 물이 수통의 목까지 차 찰랑찰랑 넘치고 있었다.

선임하사는 수통의 물을 벌컥벌컥 들이키려다 말고 문득 주위를 살피게 되었다. 자신에게 쏠리는 따가운 눈초리를 느꼈기 때문이다.

모든 병사들이 숨을 헐떡거리며 그가 들고 있는 수통을 뚫어지게 쳐다보고 있었던 것이다. 다들 목이 바싹 말라 입술이 까칠하게 타들어가고 있었다.

그 까칠한 입술 중에는 소대장도 끼어 있었다.

쩝 소리가 나도록 쓴 입맛을 다신 선임하사는 다친 다리를 질질 끌며 기다시피해서 소대장 곁으로 가 수통을 건넸다.

소대장은 수통을 받아든 채 병사들을 휘 둘러보았다.

그의 눈빛은 다음 차례를 기다리는 까칠한 입

술들의 수효를 헤아리고 있는 게 틀림없었다.

병사와 수통을 번갈아 보던 소대장은 에라 모르겠다는 듯 수통 꼭지에 입을 대고 꿀꺽꿀꺽 달게 물을 마셨다.

물을 마실 만큼 마신 소대장은 그 수통을 옆에 비스듬히 엎드려 있는 선임하사에게 도로 넘겼다.

"자네 차례일세."

선임하사가 수통을 받아보니 물은 조금도 줄지 않고 그대로였다. 소대장의 마음을 읽은 선임하사도 마시는 시늉만 한 다음 제 옆의 병사에게 수통을 건네주었다.

"옆으로 옆으로 계속 전달하기다."

모든 병사들이 마시는 시늉만 한 채 전달을 하

니 소대원 모두가 다 돌려 마셨으나 수통에는 물
이 그대로 남아 있었다.

　그러나 하나같이 목마름을 잊은 채 웃는 낯으
로 서로를 쳐다보고 있었다.

 가장 아름다운 추억

가끔 우리들 주변에는 한 말을 또 하는 사람들이 있다. 재미있는 이야깃거리나 경험, 혹은 특이한 얘기를 자신이 이미 했다는 것을 알면서도 기회만 되면 하고 또 하는 그런 사람에 대해서 세상은 대체로 관대하지 않다.

재미없는 사람이든지 독창성이 부족한 사람. 혹은 건망증이 심한 사람 정도로 치부한다.
행여 나이가 많은 어른일 경우 고리타분한 결정이라고 고개를 돌리고, 더 나아가서 치매의 시작이 아닌가 하고 의심도 한다.

아무리 아름답고 즐거운 얘기도 자꾸 들으면 그것을 경험한 당사자가 아닐 때는 식상하게 마련이다.

나도 물론 이런 대다수의 사람에 속했다.

되도록 같은 얘기는 반복해서 하지 않도록 나 자신이 피하는 것은 물론이고, 다른 사람이 그러면 슬쩍 얘기의 방향을 바꾸는 완곡법으로 그 지루함에서 피하려는 작은 노력을 한다.

그러나 요즈음은 다르게 생각한다.

한 사람이 살아가면서 반복적으로 되살려 낼만한 아름답고 위무가 되는 추억거리를 가지고 있다는 것은 커다란 재산이라는 생각이 든다.

더 나아가 자신에게 그토록 중요한 추억을 주변에 조금쯤 반복하는 것 또한 그다지 해악이 아닐 것이라는 믿음을 가지고 있다.

사랑하는 사람을 잃은 사람이 이제는 저 세상에 가 버린 사람과의 추억거리를 끝도 없이 반추해야 하는 신체적 필요를 느끼는 것은 그런 반복적 추억이 슬픔을 이겨내는데 힘이 되기 때문이다.

　의사들이 고통스런 병을 이겨내려면 가끔 가장 아름다운 풍경이나 추억을 상기해 보라고 권하는 것도 같은 맥락에서일 것이다.

　실제로 심리치료는 그런 방식을 심심찮게 동원하기도 한다. 삼풍백화점 사고 때 무너진 건물 밑에 갇혀 있던 한 젊은이를 그토록 오랫동안 지탱하게 한 것은 밖으로 나가 누릴 수 있는 즐거운 생활에 대한 기대였다고 한다.

　꼭 이런 극단적인 상황에서만 위로가 되는 추억이 필요한 것은 아니다.

　일상을 영위하다보면 사실 눈살 찌푸릴 일이 미소 지을 일보다 많이 생긴다. 그러다 보니 누구나 한두 개쯤 가지고 있는 즐거운 기억이나 추억은 어딘지 모르게 퇴거해 숨어 버리게 마련이다. 그리고 자주 꺼내 보지 않으면 기억이라는 것도 자연히 퇴화해 버린다. 기억에도 관리가 필요한 것이 그 때문이다.

특히 아름다운 기억일 때는 더욱더…….

하루가 기울고 어두운 창가에 앉아 낮에 일어났거나 본 일 중에 나를 기쁘게 한 이야깃거리를 반추해 본다. 혹은 그런 추억을 만들기 위해 습관적인 일상을 잠시 떠나 보기도 한다.

그렇지만 때로 우리가 잊고 있는 과거의 기억을 되도록 자주 꺼내보고 반추해 보는 것도 힘든 내일을 맞대면하는 데에 큰 힘이 된다.

 모두 느끼고 있었습니다

평범한 주부 베티 맬쯔는 남편과 함께 플로리다로 여름휴가를 떠났다. 그러나 휴가 첫날 베티는 갑작스런 복통으로 집으로 되돌아왔다. 처음에 대수롭지 않게 여겼던 복통은 더욱 심해졌고 끝내 수술까지 받게 되었다. 그리고 수술이 끝난 뒤 담당의사는 남편에게 베티의 상태가 심각하며 그리 오래 살지 못할 것이라고 말했다.

베티가 혼수상태에 빠진 지 한 달이 지났다.
그 동안 베티의 입원실에는 베티의 가족과 친

구, 직장동료들이 무수히 드나들었다.

의사는 혼수상태인 환자는 듣지도 보지도 못한다고 말하며 베티가 살아날 가망이 전혀 없음을 암시했다. 그러나 베티는 깨어났다.

따뜻한 햇볕이 침대 위로 번져올 무렵 베티는 마치 오랜 잠에서 깨어나듯이 자연스럽게 눈을 떴다. 기적이라며 기뻐하는 가족들에게 베티가 맨 처음 던진 말은 다음과 같았다.

"오, 저는 다 알고 있었어요. 말을 하거나 보거나 냄새를 맡을 수는 없었지만 저는 사람들의 말소리와 행동을 느낄 수 있었어요. 육체는 갇혀 있었지만 영혼은 깨어 있었던 것이죠. 그래서 혹시 누가 낙심해서 방으로 들어서면 저 역시 마음이 무거워졌고 또 회복될 수 있다는 믿음을 가지고 들어오면 그때마다 큰 힘이 되었어요."

베티는 말을 멈추고 잠시 숨을 골랐다가 다시 말을 이었다.

"한번은 발자국소리가 들리더니 제가 평소에 몹시 싫어하던 사람이 들어와 내 옆에 앉는 것이 었어요. 그는 가만히 내 얼굴을 들여다보다가 성경책을 꺼내들고 그것을 읽기 시작했어요. 오! 그때 기분이란…… 그 목소리는 천사와 같이 아름다웠어요. 그는 내가 나을 것이라고 믿고 있었어요. 저는 갑자기 살아야겠다는 생각이 들더군요. 그리고 내가 미워했던 사람을 위해 마음속으로 기도하고 사죄했어요. 그랬더니 내 눈앞에 서서히 푸른 잔디밭이 펼쳐졌어요. 그리고 나는 이렇게 깨어난 것이에요."

사람들은 베티가 깨어난 것이 기적이 아니었음을 어렴풋이 깨닫게 되었다.

 비단에 새겨진 글자

조선 선조 때 사람인 홍순언은 어진 성품의 선비였다.

그가 통역관 자격으로 명나라에 갔을 때의 일이다.

지금의 여관 격인 기루에 머무른 그는 거기서 한 기생을 만났다.

그 기생은 본래 양반집 규수였는데 정치적 모함으로 죽은 아버지, 어머니의 장례비를 마련하기 위해 기생이 된 여인이었다.

딱한 사정을 전해들은 홍순언은 출장비로 가져
온 인삼을 팔아 그 돈을 장례비로 쓰라며 기생에
게 주었다. 기생은 감사의 눈물을 흘리며 홍순언
의 이름 석 자를 새겼다. 그러나 홍순언은 귀국한
뒤 공금을 낭비했다는 죄목으로 관직에서 쫓겨나
고 말았다.

한편 홍순언의 도움으로 무사히 장례를 치른
기생은 명나라의 높은 벼슬자리에 있던 석성이란
사람의 아내가 되었다. 그녀는 그때부터 비단을
열심히 짜기 시작했다.

몇 년 후 조선에서 임진왜란이 일어나자, 다급
해진 선조가 명나라에 원조를 요청하는 통역관을
보냈으나 아무런 대답이 없었다.
그러던 중 명나라로부터 전에 자주 오던 홍순
언은 왜 보이지 않느냐며 다음엔 그를 보내라는
서한이 왔다.

시골에 파묻혀 지내던 홍순언은 선조의 명령으로 다시 명나라로 떠났다. 도착하자마자 그는 명나라 국방장관의 부름을 받았다. 그런데 홍순언이 집에 도착하자 국방장관과 그의 아내가 댓돌 아래까지 내려와 깍듯이 절을 올리는 것이었다. 국방장관의 아내가 바로 홍순언의 도움을 받은 그 기생이었던 것이다.

며칠 동안 융숭한 대접을 받은 홍순언은 떠나는 날 부인으로부터 많은 선물을 받았다. 홍순언이 이를 한사코 마다했더니 압록강까지 쫓아와 선물꾸러미를 전해주는 것이었다. 하는 수 없이 선물을 받아 풀어보니 꾸러미엔 부인이 손수 짠 비단으로 가득했다. 그런데 비단 끝 마디마디에는 '보은' 이라는 두 글자가 아로새겨져 있었다.

홍순언이 조선으로 돌아와 보니 선조가 왜군에게 쫓길 정도로 전세가 기울어 있었다.

얼마 후 무기, 화약, 그리고 4만여 명의 명나라 군사가 조선에 파병되었다. 명나라 국방장관이 보낸 것이었다.

 어머니의 편지

공부도 그리 썩 잘하지 못하고 마음마저 연약한 아들을 둔 어머니가 있었다. 어머니는 세상을 일찍 떠난 남편의 몫까지 열심히 일해 가난한 살림을 꾸리며 아들에게는 언제나 성공할 수 있다는 확신을 심어주었다. 아들 역시 어머니를 실망시키지 않기 위해 열심히 노력했다.

그 아들이 전쟁터로 떠나기 전, 어머니는 다섯 시간 동안 자동차로 달려와 많은 사람의 시선에도 아랑곳하지 않고 큰 소리로 말했다.

"아들아, 넌 전쟁에서 최고 조종사가 될 거야!"

어느 날 아들은 전쟁터에서 '어머니 위독!' 이라는 전보를 받고 조국 프랑스로 급히 돌아왔다. 그러나 어머니는 애써 미소 지으며 아들의 이마에 축복의 십자가를 그어주며, "난 괜찮다. 애야, 어서 돌아가거라"고 했다.

아들은 다시 전쟁터로 돌아가 이후 3년 반 동안 계속된 전쟁에서 용감하게 싸웠다. 그에게 용기와 힘이 된 것은 끊이지 않는 어머니의 편지 덕분이었다.

'훌륭하고 자랑스러운 내 아들아' 로 시작되는 편지는 시간이 지날수록 내용도 짧아지고 급히 휘갈겨 쓴 것처럼 보였으나 늘 건강하다는 어머니의 말에 아들은 안심했다.

전쟁이 끝날 무렵 아들은 또 한 통의 편지를 받았다.

'사랑하는 내 아들아, 이제 우뚝 서거라. 강해지거라!'

이 짤막한 편지는 이상하게 아들의 가슴에 오래도록 남았다.

전쟁이 끝나고 아들은 프랑스 대사관 서기로 임명되었다. 드디어 어머니의 말대로 이루어 낸 것이다.

아들은 이 기쁜 소식을 알리려 제일 먼저 어머니를 찾아갔다. 그러나 뜻밖에도 어머니는 이미 돌아가시고 계시지 않았다.

어머니는 3년 6개월 전 자신의 죽음을 예감하고 아들이 강해질 수 있도록 계획을 세웠다.

어머니는 자신이 죽기 일주일 전 떨리는 손으로 250여 통의 편지를 써 친구에게 맡겨 아들에게 한 통씩 보내도록 부탁한 것이었다.

아이 몫은 남겨주세요

 서울의 어느 작은 연립주택에 살고 있는 주부 K씨의 아침은 배달된 신문과 우유를 가져오는 것으로 시작된다.

 그날도 그녀는 여느 때와 마찬가지로 문을 열고 밖으로 나와 우유주머니를 뒤졌으나 우유가 들어있지 않았다.

 그녀는 덩그러니 놓여 있는 신문을 들고 고개를 갸웃거렸다. 어린 아들이 유난히 우유를 좋아해서 그녀는 그날만큼은 근처 가게에서 우유를 사다 먹었다.

그러나 그 다음날도 우유는 배달되지 않았다.

그녀는 달력을 쳐다보며 날짜를 세어 보았다.

'우윳값은 꼬박꼬박 드렸는데 우유를 배달하지 않다니…….'

화가 난 그녀는 우유 보급소에 전화를 걸어 따졌다. 그러나 보급소에서는 틀림없이 우유를 배달했다며 내일 하루 더 기다려보라고 했다.

그 다음날도 역시 우유는 배달되지 않았다.

'보급소에선 틀림없이 우유를 배달했다고 하는데…… 혹 누군가 아침마다 우유를 훔쳐 먹는 것은 아닐까? 어쩌면 신문배달 소년이 목이 마른 나머지 우유를 마셨을지도…… 아냐 그보다 더 배가 고픈 사람이 우유를 먹었을지도 몰라. 얼마나 배가 고팠으면…….'

여기까지 생각한 K씨는 보급소로 다시 전화를 걸어 뭐라고 말을 하고는 전화를 끊었다.

다음날 새벽, 뿌연 어둠이 가실 무렵 K씨가 살고 있는 문에는 쪽지 한 장이 바람에 나풀거리며 붙어 있었다.

'우유를 가져가시는 분께-

우리 아이가 우유를 참 좋아한답니다. 그러니 우리 아이 몫은 남겨두시고 남은 우유를 맛있게 드세요.'

문 앞에는 우유 두 개와 신문이 가지런히 놓여 있었다.

 함장에게 바친 노래

무뚝뚝한 스타크 함장의 함선에 네 명의 말썽 꾸러기 수병이 새로 승선하게 되었다.

같은 고향에서 자란 크레이 코우, 크래지, 케니 그, 켈리 이 네 사람은 모두 부모가 없었으며 다른 사람을 비아냥거리는 불손한 젊은이들이었다.

그래서 스타크 선장이 병사들에게 가장 가까운 가족의 이름과 주소를 물었을 때 이들은 리타 훼이워드 등 당시 유명한 여배우들의 이름을 댔다.

스타크 선장을 조롱하는 듯한 네 수병의 웃음 소리를 들으며 그 여배우들의 이름을 수첩에 적었다.

며칠 뒤 함선에서 함장과 상관들을 놀리는 상
스러운 노래가 들리기 시작했다.

네 명의 말썽꾸러기들이 어릴 때 성가대에서
닦은 실력으로 노래를 지어 부른 것이다.

그 노랫소리를 못 들었는지 선장은 밤마다 누
군가에게 열심히 편지를 쓸 뿐이었다.

겨울이 되자 구축함은 잠시 브룩클린에 정박하
였다.

그때 소포 수십 개가 스타크 선장 앞으로 배달
되어 왔다. 선장은 소포를 풀지도 않은 채 탱크
속에 넣고 자물쇠로 문을 잠갔다. 그러자 네 명의
수병들은 선장이 마약 밀매를 한다는 소문을 퍼
뜨렸다.

이윽고 구축함은 다시 바다로 나갔고 얼마 지

나지 않아 성탄절이 되었다.

저녁 무렵 선장은 병사들을 한 자리에 모이게 한 후 크리스마스 선물을 차례차례 나누어 주었다. 그것은 모두 가족들이 보내온 것으로 스타크 선장이 틈틈이 가족들에게 편지를 보내 선물을 보내달라고 부탁한 것이었다.

마지막으로 선물을 받지 못해 시무룩해진 네 명의 수병들 앞에 함장이 꾸러미를 던졌다. 거의 희망을 품지 않았던 이들은 부랴부랴 선물을 풀어보았다.

크레이 코우의 상자엔 놀랍게도 진짜 리타 훼이워드가 보낸 장갑과 편지가 들어 있었다. 나머지 세 명 역시 모두 여배우들의 선물을 받았다.

눈물이 그렁그렁해진 그들은 약속이나 한 듯 연단으로 올라가 함장을 위한 노래를 부르겠다고 자청했다. 수십 명의 병사들은 그들의 입에서 어떤 노래가 나올지 궁금했다.

잠시 후 어두운 밤바다를 가르며 아름다운 화음이 퍼져나갔다.

"고요한 밤, 거룩한 밤……."

어느 새 스타크 함장도 옆에 서서 같이 노래를 따라 불렀다. 마침내 배 안의 모든 사람들이 한 목소리가 되었다.

생선장수

계속되던 비가 개고 햇살이 곱다.

햇살을 따라 어디로 가야만 될 것 같아 평소에 생각하고 있던 가와다나 온천으로 가기로 했다.

가와다나는 내가 기거하고 있는 에다미즈에서 기차로 한 시간 반 정도의 거리에 있었다.

가와다나로 가는 선로는 단선이다. 게다가 아직도 디젤 기관차이다. 두 량의 차에는 승객이 붐볐다. 주로 시골 사람들과 노인들이다. 입석이 대부분이다. 하지만 모두들 아무런 말들이 없다.

가와다나는 조그마한 역이다. 역주변의 온천, 여관, 음식점 등의 늘어선 광고판 사이로 '꽃으로 당신의 얼굴에 웃음을 피우고 싶다'는 소학교 학생들의 손으로 쓴 듯한 광고가 붙은 휴지통이 시선을 끈다.

시골의 정적은 역 주변에 소복소복 쌓여 있었다.

펼쳐진 들판이 정답다. 의자에 앉았다. 저만큼 60쯤 되어 보이는 부인이 들판을 하염없이 바라보고 앉아 있다. 나는 그 시선을 따라 들판 끝에 있는 적막한 마을을 바라보았다.

"저 마을에 사십니까?"

부인은 의외로 웃음 띤 얼굴로 그렇다고 한다. 그러면서 계속 이야기를 늘어놓는 게 아닌가.

40년 동안 이 기차를 타고 다니며 생선을 팔고 있다는 이야기, 오늘은 고깃배가 모두 쉬기 때문에 외출을 했다고 하면서 여전히 얼굴에는 미소가 떠나질 않는다.

더구나 눈에는 은물결 같은 정이 흐르는 체구가 작은 노인이었다. 나이를 물었더니 70이라고 했다. 아무리 보아도 60이상은 되어 보이지 않는다. 다시 말을 잇는다.

"내 나이 30세에 혼자되어 딸 둘을 길러 모두 출가시키고…… 지금도 새벽에 일어나 물고기를 받아 쿠로사기, 고구라, 야하다 등의 도시의 음식점에 대어주고 있습니다. 허리가 아프고 팔다리가 쑤셔도 비가 오나 눈이 오나 하루도 쉬는 날이 없습니다."

수줍은 듯 작고 조용한 목소리에는 들판을 적시는 풀냄새가 났다. 한참 침묵이 흘렀다.

"옛날에는 저 들판에 집도 없었고, 송림이 울창한 해변에는 하얀 모래사장이 늘어져 있었는데, 이제는 송림도 모래사장도 모두 없어져 버렸어요."

눈빛이 촉촉해진다. 생선장수의 눈빛이 아니
다.

이들은 생선을 팔거나 음식점 요리사를 해도
자신이 하는 일에 전심을 기울려 긍지를 갖고 보
람을 찾으며 삶을 스스로 개척하려고 노력하고
있다. 그러한 사람의 주변에 꽃을 심고 가꾸어 모
두에게 웃음을 꽃피우고 싶다는 마음가짐이나,
어린 학생들이 코흘리개 손으로 쓴 광고판에서
이들의 생활은 이루어지고 있구나 하는 생각을
하면서 들판을 은은히 적시는 하얀 연기를 바라
보았다.

 오색의 나라

높고 파란 하늘, 게다가 하늘과 맞닿아 있는 푸른 초원, 누구나 이런 지상의 낙원이 있다면 가보고 싶은 호기심이 발동할 것이다.

이런 지상의 나라는 멀고 먼 아프리카, 지구의 한 구석이다.

요즈음 민주화 바람으로 한창 열기가 오르고, 흑인 지도자가 대통령의 꿈을 이룬 남아프리카공화국, 그리고 요하네스버그 공항에서 비행기를 타면 3시간 걸리는 모잠비크와 말라위란 국가가 바로 그곳이다.

그곳에는 원주민의 둥그런 토담집이 푸른 들판 이곳저곳에 옹기종기 모여 있고 하늘이 금세 땅으로 주저앉을 듯 땅과 맞닿아 있다.

이 세상에 이토록 아름다운 나라도 있구나 하는 감탄사를 연발하게 된다.

더욱 기막힌 전경은 말라위의 수도 리롱게에서 서북쪽 방향으로 잘 포장된 도로를 시속 120㎞의 속력으로 2시간 30분 정도 달려가면 해발 1300m 고원에 수심이 3000m나 된다는 싸리마라는 거대한 호수가 있다.

이 싸리마 호수는 호수가 아니라 바다라고 표현하는 것이 더 정확한 답이다.

호숫가를 오르는 길 옆으로 원주민들이 검정원목의 나무를 다듬어 지팡이와 쟁반 그리고 여러 가지 동물 모양을 깎은 목각들을 팔고 있다.

웃음을 자아내는 일은 값을 정찰제로 붙여 놓은 것이 아니라 부르는 게 값이다. 깎다보면 언어

오색의 나라

가 통하지 않아 손짓발짓으로 의사소통이 된다는 것이다.

얼마나 정성을 들여 목각을 깎았던지 목각에서는 윤기가 흐른다. 파란 수평선과 맞닿은 하늘, 왕모래 같이 엷은 황색 백사장에 가볍게 찰랑이는 맑은 물살이 아름답다.

세상에 이런 원색의 하늘과 넓은 호수가 있을 수 있을까?

이 싸리마 호수는 잠비아, 탄자니아, 모잠비크, 말라위의 국경 중심에 자리잡고 있다.

남들이 한다고 덩달아 녹용이나 보석을 몰래 숨겨 들여오는 여행보다 이런 아름다운 지구촌 여행이 좋다.

밀수품도 밀수할 물건들도 없는 원색의 초원 중부 아프리카 말라위, 잠비아, 모잠비크를 다녀온 기억이 자꾸만 되살아난다.

하늘만 바라보아도 그렇고 산만 바라보아도 그런 전경이 아른거린다.

 어떤 **아리아**

　소프라노 조안 서덜랜드가 런던에서 오페라 루
치아노 디 람베르모르를 공연할 때의 이야기이
다.

　이 오페라는 조안이 영국에서 처음으로 공연할
때부터 많은 사람들의 관심을 끌었다.

　당시 연출자 프랑코 제피렐리로그는 자존심이
강한 프리마돈나로 알려진 조안이 자신의 뜻에
잘 따를지 몹시 걱정이 되었다.

　연습이 계속되는 동안에도 프랑코는 여주인공
인 조안이 맡은 역을 제대로 해낼지 여전히 의문

스러웠다.

그런데 공연이 임박할 무렵 조안의 상대역인 테너 주앙 지빈이 갑자기 병이 나고 말았다. 공연을 미루든지 아니면 취소해야만 했다. 그러나 주앙이 출연을 고집해 오페라는 예정대로 열리게 되었다.

그 공연은 주앙의 목소리가 평소처럼 우렁차지 못하였기 때문에 당연히 조안이 실력을 뽐낼 수 있는 좋은 기회였다. 이러한 사실은 삽시간에 많은 사람들에게 퍼져나갔다.

이윽고 막이 올랐다. 먼저 주앙이 노래를 불렀다.

그의 목소리는 예상대로 매우 작았다. 그 다음 바로 조안의 아리아가 이어졌다. 그런데 그녀는 놀랍게도 남자배우 주앙의 목소리에 맞추기 위해 자신이 목소리를 자제하고 가장 약한 피아니시모로 노래를 부르는 것이었다.

그녀의 아름다운 아리아가 끝날 때까지 청중은
숨을 죽이고 들었다.

마침내 조안이 노래를 끝마쳤을 때 청중들은
조안의 뜻밖의 행동에 감동하여 무려 10분 동안이
나 극장이 떠나갈 듯 기립박수를 보냈다.

 언제나 청춘

미국 서부지역에 있는 큰 공장의 야간 경비로 일하던 헨리 피터스는 부임해 온 새로운 상사 때문에 고민하기 시작했다. 그럭저럭 정년이 다 되어 퇴직을 앞두고 있던 헨리는 건강이 허락하는 한 계속 일을 할 수 있다는 약속을 옛 상사로부터 받아냈다.

그러나 그 상사가 병으로 회사를 그만둔 뒤 새로운 사장이 들어왔지만 새 사장은 자기의 부탁을 들어줄 것 같지 않았기 때문이었다. 헨리는 일하고 싶었지만 젊은 사장이 곧 자기에게 '이제

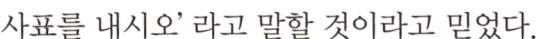

사표를 내시오' 라고 말할 것이라고 믿었다.

어느 날 헨리는 사장이 자신을 가리켜 '노인' 이
라고 부르는 소리를 들었다.

'역시 그는 나를 노인으로 보고 있었구나. 나는
머지않아 쫓겨나겠군.'

그러나 사장은 헨리를 그렇게 생각하지 않았
다. 그런데 헨리 혼자서 그렇게 속단한 것이다.
그는 자신의 직장생활이 얼마 남지 않았다고 생
각하여 아내에게도 자신이 해고당해도 놀라지 말
것을 당부했다.

그리고 자기 자신도 마음을 단단히 먹고 마지
막까지 열심히 일하자고 결심했다.

헨리는 그와 나이가 동년배인 사람들이 노는
것이 당연하다고 여기는 생각과는 달리 열심히
의욕적으로 일했다.

어느 날 헨리는 우연히 사무실에서 사장과 회

사동료가 얘기를 나누는 것을 살짝 엿들었다.

"어제 헨리 씨의 근무기록을 보았는데 매우 훌륭한 것이었소. 내가 처음 여기 왔을 때 그는 아직 일할 수 있다고 생각했지만 요즘 그는 어딘가 모르게 침울한 것 같은데…… 그가 전처럼 원기를 회복하지 않는 한 사표를 받을 수밖에 없소."

사장의 이 말에 헨리의 마음은 날아갈 듯 가벼워졌다.

그 이튿날부터 그는 예전의 구김살 없는 명랑한 사람으로 되돌아갔다. 그의 달라진 모습에 동료들이 어찌된 일인가 하고 묻자 그가 말했다.

"나는 그 동안 쓸데없는 일에 사로잡혀 있었다네. 나이 먹는 것을 두려워했기 때문이지만 그것에 대해 깊이 생각하지 않기로 했다네. 깨끗이 잊고 즐거운 마음으로 일해야 하지 않겠나."

실패를 이긴 고집

1939년, 어느 토요일 저녁 무렵 뉴햄프셔에 있는 슈발트극장에서는 새로운 연극의 시험흥행이 시작되려 하고 있었다. 그 연극은 윌리엄 사로얀의 작품인 '즐거운 인생' 이었다.

에디 다우링은 그 연극의 프로듀서, 감독, 주역의 3역을 겸하고 있었다. 또 한 사람은 뉴욕에 있는 대극장을 소유한 리 슈발트였다.

이 연극의 소문은 대단해서 유명한 극작가, 평론가 등이 모여들었다.

드디어 첫날의 막이 올랐다.

그런데 그 연극은 소문과는 달리 대단한 것이 못 되었다. 분명한 줄거리가 없는데다가 지루한 대화만 계속될 뿐이었다.

객석에서 조롱과 불만이 터져 나왔다. 관객은 하나, 둘 자리를 떠 제1막이 끝날 무렵에는 2층의 좌석이 텅 비고 제2막이 끝날 무렵에는 친분관계 때문에 온 사람들과 연극의 관계자들만 남아 있었다.

다우링은 의기소침해서 분장실로 돌아와 출연을 끝낸 배우들을 기다렸다. 배우들에게 위로의 말을 해주기 위해서였다. 그런데 아무리 기다려도 배우들이 나타나지 않았다. 그들은 오히려 다우링을 혼자 있게 해주는 편이 낫다고 생각했던 것이다.

다우링이 거울에 비친 자신의 비참한 모습을 보고 있을 때 리 슈발트가 문을 열고 들어왔다.

"에디, 이 공연은 중지하기로 하세. 더 이상은 투자할 마음이 나지 않네."

그 후 극장로비에 관계자들이 모두 모여 의논한 결과 다우링을 제외한 모두가 공연을 즉시 중단해야 한다고 말했다. 그러나 최종 결정자인 다우링은 공연을 계속할 것을 주장했다. 평론가인 진 나산 한 사람만 다우링의 어깨를 두드리며 위로했다.

"이 연극은 사로얀이 의도한 것을 충분히 표현하고 있네."

다음 공연은 보스턴에서 있었다. 결과는 첫 공연 때보다 더욱 참담한 것이었다. 연극평론가들 사이에서도 일제히 비난이 쏟아졌다.

결국 공연은 중지되었다.
그러나 다우링은 이 연극은 해볼 만한 가치가

있다고 믿고 있었다. 출연자를 일단 전원 해체하고 새롭게 캐스팅을 했다. 연출 방법도 약간 달리했다.

다우링은 다시 그 연극을 연출하여 브로드웨이의 부스극장에서 공연했다. 그는 동료나 친구의 만류도 뿌리치고 틀림없이 성공할 것이라는 확신을 가지고 혼자서 끝까지 고집으로 밀고 나갔다.

공연은 대성공이었다.

관객은 아낌없는 박수를 보냈으며 비평가들도 절찬했다. 멋진 개막이었다.

이 연극 '즐거운 인생' 은 결국 퓰리처상과 뉴욕연극상 등 두 개의 상을 독차지 했는데 두 가지 상을 동시에 수상한 것은 이 연극이 최초였다.

아빠의 발자국 소리

음악을 좋아하는 농촌 출신의 잘 생기고 낙천적인 아일랜드의 찰스 콜린스는 장애인 학교에 입학해 그곳에서 피아노 조율과 조립을 배웠다.

딸인 주디의 말에 의하면 싹싹하고 힘이 넘치는 이 아버지는 '장애에 절대 굴하지 않고' 지팡이나 맹인 인도견의 도움없이 열심히 일을 했다.

"아버지는 성큼성큼 걸었어요. 어깨를 쭉 펴서 뒤로 젖히고 고개를 높이 들고 다녔지요. 아버지의 발자국 소리는 아버지가 어딜 가고 있는지 자신에게 말해 주었지요. 또한 아버지에게 인간 이상의 위대한 존재가 있음을 느끼게 해주었습니다.”

장애 때문에 제한된 직업에 만족하지 않고 찰스는 보이즈공립 고등학교와 아이다호대학을 졸업한 뒤 댄스 밴드를 시작했다. 이어서 자신의 이름을 내건 라디오 쇼를 맡아 청아한 아일랜드 테너의 목소리로 노래를 불렀다.

어린 시절 내내 노래를 부르고, 피아노를 치고, 아버지와 화음을 맞추던 주디도 그 프로그램에 나왔다. 아버지와 주디는 함께 북서부 주를 돌며 연주여행을 했다.

찰스는 가끔 이렇게 말했다.

“이 꼬맹이는 어떤 소리와도 화음을 맞출 수 있답니다. 심지어 자동차 소리나 기차의 기적소리까지도 말입니다."

주디와 아버지의 관계가 세월이 갈수록 더 돈
독해 질 수 있었던 것은 음악에도 이유가 있지만
주디의 건강 상태가 심각할 정도로 안 좋았기 때
문이었다.

열 살 때 주디는 소아마비에 걸려 한 달 동안
가족과 격리되었다.

퇴원하여 집으로 돌아온 어느 날 아버지가 밤
늦게까지 침대 옆에서 자기 쪽으로 얼굴을 향하
고 앉아 있던 모습을 회상하며, 주디 콜린스는 후
에 '나의 아버지' 라는 곡을 작곡해 직접 불렀다.

주디의 지지자였던 아버지가 1968년 갑자기 돌
아가셨을 때 주디는 말했다.

"아버지는 너무나 강하고 섬세했으며 음악적이
었습니다. 제게는 수수께끼 같은 분이었습니다.

무엇보다 제 인생에 결코 잊을 수 없는 존재였습니다."

아버지의 용기 있는 발자국 소리는 어딜 가고 있는지 자신에게 말하기도 했지만, 딸에게 어디로 가야 하는 지를 알려주었다. 주디는 베트남 전쟁반대 운동에 앞장서 자신의 신념을 불태우는데 주저함이 없었다.

이 포크송 가수는 자서전에서 다음과 같은 결론을 내렸다.

잿더미에서 날아오른 새가 항상 완벽한 코스를 날 거라고 장담할 수는 없습니다. 다만 그 새가 새로운 날개를 달고 잿더미로부터 다시 솟아오를 것이라는 약속은 드릴 수 있습니다.

마음에 새겨진 발자국

 몹시 추운 1월의 어느 아침, 새로운 학생이 내 가슴에 발자국을 찍으며 내가 맡은 5학년 교실로 걸어 들어왔다.

 처음 보았을 때 보비는 추운 날씨에도 불구하고 너무나 작은 수영복 모양의 윗도리와 실밥이 터진 청바지를 입고 있었다. 신발 한 짝은 끈이 달아나고 없어서 걸을 때마다 날개처럼 펄럭거렸다.

 설령 버젓한 옷을 입고 있었다 해도 보비는 정

상적인 아이처럼 보이지 않았을 것이다. 그 아이
는 내가 지금까지 한 번도 본 적이 없었고 앞으로
도 다시는 보고 싶지 않은 그런 무관심하고 멍청
한 얼굴을 하고 있었다.

보비는 표정만 이상한 것이 아니라 행동 또한
기이하기 짝이 없었다. 그래서 나는 그 아이를 사
회적응 능력을 배우는 특수반으로 보내야 한다고
생각했다.

그는 정상적인 대화를 할 때도 늘 고함치듯이
했다.
말하자면 도널드 덕 목소리(테이프를 빨리 돌릴
때의 소리처럼 외치는 것 같고 일그러진 것 같은
소리)의 소유자였다. 그리고 보비는 누구와도 시
선을 마주치지 않았다.
그러면서도 수업중에는 뭔가 끊임없이 말참견
을 했다.

한번은 체육선생님이 고약한 냄새가 난다면서 자신의 몸에 탈취제를 뿌려주었다고 학생들 앞에서 자랑스럽게 말하기도 했다.

　보비는 사회 적응능력이 형편없을 뿐 아니라 학업 적응능력도 전무했다. 열두 살인데도 아직 읽기와 쓰기를 할 줄 몰랐으며, 심지어 알파벳조차도 쓸 줄 몰랐다. 내가 맡은 그 반에는 성적이 뒤쳐진 아이들이 여러 명 있었지만 그 중에서도 보비가 가장 형편없었다.

　나는 보비가 실수로 우리반에 들어온 것이라고 확신했다. 하지만 생활기록부를 살펴보고 나는 충격을 받았다.
　그의 아이큐가 지극히 정상이었던 것이다. 그렇다면 그의 기이한 행동은 무엇으로 설명해야 한단 말인가?

나는 학교 상담선생님과 보비에 대하여 이야기를 나누었다. 상담선생은 자기가 보비의 모친을 만난 적이 있다고 했다.

　그는 말했다.

　"보비는 어머니에 비하면 훨씬 더 정상에 가깝더군요."

　나는 기록을 더 뒤진 끝에 보비가 태어나서 처음 3년 동안 보육원에 맡겨졌었다는 사실을 확인했다.

　그 후에 보비는 엄마에게로 돌아왔으며, 그로부터 한 해에 한 번씩 다른 도시로 이사를 다녔다. 나는 고개가 끄덕여졌다. 보비의 지능은 정상이었으며, 그래서 기이한 행동에도 불구하고 우리반으로 오게 된 것이다.

　나는 인정하기 싫었지만 그 아이가 우리반에 들어온 것이 무척 원망스러웠다. 우리반은 만원이었고, 학습부진 아동이 이미 예닐곱 명이나 있었다.

나는 그때까지 그토록 학습능력이 낮은 학생을 가르쳐 본 적이 없었다. 그 아이를 위해 교육계획을 세우는 것조차 힘든 일이었다.

보비가 우리반으로 전학을 온 처음 몇 주일 동안 나는 아침에 눈을 뜨면 속이 답답하고 학교에 출근하는 것이 싫었다. 학교까지 차를 운전하고 가면서 그 아이가 학교에 오지 않기를 희망한 적도 여러 번이었다.

나는 훌륭한 교사라고 내심 자부해 왔었다. 따라서 보비를 싫어하고 그가 우리반에 있는 것을 원치 않는 나 자신에 대해 혐오감이 일었다.

보비가 나를 미치게 만들긴 했지만, 그럼에도 불구하고 나는 그를 다른 학생들과 똑같이 취급

하려고 애를 썼다. 나는 누구도 내 교실에서 그를 놀리는 것을 용납하지 않았다. 하지만 교실 바깥에서는 학생들이 그에게 야비하게 굴고 그를 놀림감으로 삼기 일쑤였다. 아이들은 마치 병들거나 상처를 입은 동료를 공격하는 야생동물들과 같았다.

우리 학교로 전학 온 지 한 달쯤 지난 어느 날 보비는 옷이 찢어지고 코피를 흘리면서 교실로 들어왔다.

아이들이 떼를 지어 그를 짓누른 것이다. 보비는 책상에 앉아서 아무 일도 없었던 것처럼 가장했다. 그 아이는 책을 펼쳐 들고서 피와 눈물이 범벅이 된 채 글을 읽으려고 노력했다.

몹시 화가 난 나는 보비를 양호 선생님에게 보내고 그를 괴롭힌 학생들을 심하게 꾸짖었다. 나는 아이들에게 그가 다르다는 이유 때문에 그를 좋아하지 않는 것을 부끄럽게 여겨야 한다고 말했다. 또 그가 이상하게 행동하기 때문에 오히려 그에게 더욱더 친절을 베풀어야 한다고 훈계했다.

이렇게 아이들을 꾸짖으면서 나 역시 내가 하는 말을 듣게 되었다. 그리고 나 역시 보비에 대한 내 자신의 생각을 바꿔야만 한다고 결심했다.

그 사건은 보비를 바라보는 내 생각을 크게 변화시켰다.

마침내 나는 기이한 행동 너머에 있는 그 아이의 참모습을 보았으며, 보살펴 줄 누군가가 절실히 필요한 한 어린아이를 보게 되었다.

나는 교사에게 진정으로 요구되는 것은 학생들에게 학문을 가르치는 것만이 아니고 학생들이 필요로 하는 것을 채워 주는 것임을 깨달았다. 보비는 내가 특별히 보살펴 주지 않으면 안 되는 그런 학생이었다.

나는 구세군회관에 가서 보비가 입을 옷들을
사기 시작했다. 보비가 옷을 세 벌밖에 가지고 있
지 않았기 때문에 학생들이 그를 더욱 놀려댄다
는 사실을 난 알았다.

나는 보비를 위해 상태가 좋고 모양이 좋은 옷
들을 골랐다. 보비는 그 옷들을 받아들고 전율하
다시피 좋아했으며, 자기 자신에 대한 스스로의
평가도 놀라울 정도로 개선되었다.

나는 보비가 아이들에게 얻어맞을 위험성이 있
을 때마다 그를 내 곁에 데리고 다녔고 학교 수업
이 시작되기 전에 따로 시간을 내어 보비가 숙제
하는 것을 도왔다.

새옷과 별도의 관심이 보비를 얼마나 변화시켰
는가를 알면 누구나 놀랄 것이다. 보비는 자신을
에워싸고 있던 껍질을 깨고 나왔으며, 나는 그가
정말로 괜찮은 아이임을 발견했다. 그의 행동은
말할 수 없이 개선되었고, 짧게나마 나와 시선을

마주치기까지 했다.

나는 더 이상 학교에 출근하는 것이 두렵지 않
았다.

오히려 아침에 복도를 걸어가 보비를 만나러
가는 것이 기대되기까지 했다. 보비가 결석을 할
때면 나는 걱정이 되었다. 보비에 대한 나의 태도
가 변화함에 따라 아이들의 태도도 달라지는 것
을 느낄 수 있었다.

아이들은 보비를 괴롭히는 것을 중지했으며,
그를 그들의 일원으로 끼워주었다.

어느 날 보비는 이틀 뒤에 이사를 간다는 전갈
을 가지고 학교에 왔다.

나는 가슴이 철렁 내려앉았다.

아직 내가 사주려던 옷들을 다 사 주지도 못한
상태였다.

그날 나는 쉬는 시간을 이용해 옷가게로 가서

보비가 입을 옷 한 벌을 샀다. 나는 그 옷을 보비에게 주면서 그것이 작별 선물이라고 했다.

옷에 붙은 가격표를 보더니 보비가 말했다.
"전 지금까지 상표가 붙은 새옷을 한 번도 입어 본 적이 없어요."

학생들도 보비가 전학을 간다는 사실을 알았다. 방과후에 아이들은 나를 찾아와 다음날 보비를 위해 작별 파티를 열어도 되겠냐고 물었다.
나는 물론 허락했다.
하지만 나는 속으로 생각했다.
'숙제하기도 벅찰 텐데 내일 아침까지 파티를 준비할 수 있을까?'
놀랍게도 아이들은 그렇게 했다.
이튿날 아침, 아이들은 케이크와 장식 리본, 풍선, 그리고 보비에게 줄 선물들을 잔뜩 가지고 왔다. 그를 괴롭히던 아이들이 이제는 그의 친구가 된 것이다.

학교에 마지막으로 등교하던 날, 보비는 커다란 배낭을 메고 교실로 왔다. 배낭 안에는 아동 도서들이 가득 들어 있었다.

파티를 즐겁게 마친 뒤, 교실 정리가 끝나고 나서 나는 보비에게 그 많은 책들을 갖고 뭘 할 것이냐고 물었다.

보배가 대답했다.

"이 책들은 선생님께 드리는 거예요. 저는 책이 많기 때문에 선생님께 몇 권 드려도 괜찮을 거라는 생각이 들었어요."

보비의 집에 책은 고사하고 군것질할 것도 하나 없다는 걸 난 알고 있었다. 옷이 세 벌밖에 없는 아이가 어떻게 그 많은 책들을 갖고 있을 수 있단 말인가?

책을 살펴보다가 나는 그 책들 대부분이 보비가 살았던 여러 다양한 지역의 도서관에게 가져온 책임을 발견했다. 어떤 책들은 '교사용' 이라는 도장까지 찍혀있었다.

　그 책들이 보비의 것이 아니라 어떤 의심스런 방법으로 그것들을 손에 넣은 것임을 알 수 있었다.

　하지만 보비는 자신이 가진 모든 것을 내게 주었다. 누구도 전에 보비처럼 그런 아름다운 선물을 내게 한 적이 없었다. 내가 자기에게 준 옷들만 제외하고 보비는 자기가 소유한 모든 것을 내게 주고 떠났다.

　보비는 그날 떠나면서 나한테 편지를 보내도 되느냐고 물었다. 내 주소를 받아들고 보비는 교실을 걸어 나갔다.

　내게 준 책들과 내 가슴에 영원히 새긴 발자국을 남긴 채……

 # 더 먼 세상을 볼 수 있는 눈

1881년, 해리 데이는 아버지의 죽음으로 명문인 스탠포드대학을 포기하고 목장을 이어받아야 했다.

뉴멕시코와 애리조나 주 경계에 있는 목장은 80만 평의 덤불숲으로 이루어져 있었으며, 네 개의 방이 있는 벽돌집엔 물도 전기도 들어오지 않았다.

그들은 아이를 낳기 위해 목장에서 3백km나 떨어진 도시로 나가야 했다. 산드라라고 이름 지은 첫딸을 데리고 목장으로 돌아왔을 때 마을 사람들은 산드라의 앞날을 걱정했다. 목장 주변에 차로 통학할 만한 학교 하나 없었으며 산드라를 지도할 수 있는 학력을 가진 사람도 없었다.

목장의 황폐한 환경이 산드라의 앞날을 가로막을 것이라고 생각한 것이다. 하지만 아버지 해리는 산드라가 언젠가는 스탠포드대학에서 공부할수 있을 것이라는 희망을 갖고 있었다.

산드라의 어머니 데이 부인은 아이를 키우면서 낮에는 목장일을 하고 밤에는 대도시의 잡지들을 열심히 읽었다. 그것은 현실에 뒤처지지 않기 위해서였다.

그리고 그 잡지에 꾸준히 글을 보냈다.

산드라가 네 살이 되어 글을 깨우칠 무렵, 어머니는 가정통신 학습지를 이용하여 아이를 가르치기 시작했다.

그 동안 산드라의 남동생인 알랜이 태어났고

알랜 역시 어머니의 각별한 가르침을 받았다.

어느 날 해리는 아이들을 데리고 대도시로 여행
을 떠났다. 해리는 각 주에 있는 의사당에 들러 의
사당 돔에 올라가 도시를 둘러보게 하였다. 의사
당 꼭대기에서 도시를 내려다보며 아이들은 꿈과
더 넓은 세상을 볼 수 있는 눈을 키울 수 있었다.

그 결과 산드라는 실제로 스탠포드대학에 입학
하였고 나중에는 미국의 첫 번째 여자 대법원 판
사가 되었다.

그녀의 취임식이 있던 날이었다.
예식이 시작되어 법복을 입은 산드라가 사람들
사이로 걸어나오다 갑자기 멈춰 서서 두리번거렸
다. 그리고 자리에 앉아 있는 머리가 하얗게 센
아버지, 어머니와 눈이 마주쳤다. 그녀의 눈에서
하염없이 눈물이 흘러내렸다.

행복한 약속

폭풍우가 몰아치던 어느 날 밤이었다.

어느 노부부가 빗속을 헤매고 있었다. 노부부는 여행을 하던 중에 폭풍우를 만나게 된 것이다.

노부부는 숙소를 정하기 위해 호텔을 찾았으나 방을 구하기가 쉽지 않았다.

노부부는 마지막 남은 호텔로 가서 묵을 방이 있느냐고 물었다. 그러나 그 호텔도 이미 사람들로 가득 차 있었다. 노부부는 딱한 사정 얘기를 하며 간청하였으나 결국 힘없이 돌아서야 했다.

그때 뒤에서 누군가가 노부부를 부르는 소리가
들렸다.

"아휴, 밖에 저렇게 비가 쏟아지고 있는데 나이
드신 분들이 어디를 가신다고 그러십니까? 다른
호텔도 역시 마찬가지일 테니 불편하시겠지만 제
방에서 오늘 하룻밤 쉬어 가십시오."

그는 그 호텔의 허드렛일을 하는 종업원이었
다.

노부부는 그날 밤을 그의 방에서 무사히 지낼
수 있었다. 다음 날 노부부는 호텔문을 나서면서
그 종업원을 불렀다.

"우리 두 늙은이 때문에 불편했죠. 고맙습니다.
언젠가는 당신을 위해서 미국에서 제일 좋은 호
텔을 지어주리다. 정말 고맙습니다."

종업원은 넉살좋은 노인의 말에 빙그레 웃기만
했다.

몇 년 후 그 종업원 앞으로 한 통의 편지가 배달되었다.

　편지는 수년 전 곤경에 빠졌던 노부부가 보낸 것으로 종업원을 뉴욕으로 초청하는 내용이었다. 영문을 모른 채 뉴욕에 도착한 종업원은 노부부에게 이끌려 뉴욕 중심가에 위치한 웅장한 새 건물 앞에 서게 되었다.

　"난 자네와의 약속을 지켰네. 내가 몇 년 전 자네에게 미국에서 가장 좋은 호텔을 지어주겠다고 하지 않았던가?"

　얼떨떨해 하는 종업원 앞에서 껄껄 웃음을 터뜨린 그 노인은 바로 윌리엄 월도프 아스토였다.

　그리고 종업원에게 지어준 호텔이 유명한 월도프의 아스토리아 호텔이었다. 작은 호텔의 종업원이었던 조시시 볼트는 월도프 아스토리아 호텔의 첫 관리인이 되었다.

 내 마음은 너와 함께 할 거야

열다섯 살밖에 안 된 더글라스가 백혈병이라는 판정을 받았을 때 그의 식구들은 매우 놀랐다.

다행히 집안 형편이 넉넉한 더글라스는 최신 의료시설을 갖춘 병원에 입원할 수 있었다. 가족들은 더글라스가 아주 오랫동안 치료를 받아야 한다는 사실과 어쩌면 죽을지도 모른다는 것을 실감하지 못했다.

그러다가 고통으로 일그러진 더글라스의 얼굴과 화학치료로 바짝 마른 모습을 보고서야 비로소 더글라스의 고통을 이해하기 시작했다. 그러나 제일 절망스러운 사람은 더글라스였다.

그는 어렸지만 죽음이 점점 다가옴을 느꼈다.
절망감으로 더글라스는 누구와도 얘기를 나누지
않았으며 웃지도 않았다.

어느 날 더글라스는 병실에 왜 꽃이 없느냐고
물었다.
옆에서 이 말을 들은 그의 고모가 몰래 병원 근
처의 조그만 꽃집에 전화를 걸었다. 주문을 받은
사람은 청년이었는데 그의 목소리는 매우 부드러
웠다.

"백혈병을 앓는 조카를 위한 것이니 밝고 예쁘
게 해주세요."
"네 알겠습니다."
얼마 후 더글라스의 병실에 예쁜 꽃바구니가
배달되었다. 꽃을 바라보는 더글라스의 입가에

웃음이 배어나왔다. 바구니에는 고모 이름으로 된 카드 외에 또 하나의 카드가 꽃송이에 파묻혀 있었다.

'더글라스, 나는 화원에서 일한단다. 너에게 보낼 꽃을 내가 만들었단다. 나도 일곱 살 때 백혈병을 앓았는데 난 지금 스물두 살이야. 더글라스, 나의 마음은 늘 너와 함께야. 힘내!'

편지를 읽은 더글라스는 의사들과 간호사들과도 아주 친하게 얘기를 나누었으며 치료도 더 열심히 받았다. 더글라스는 어쩌면 자신도 병을 이겨낼 수 있을지도 모른다는 희망을 갖게 되었다.

더글라스는 최고급의 병원과 유능한 의사들도 주지 못한 용기와 희망을 카드 한 장이 전해 준 것이다.

 함께 갑시다

출근 길, 정류장에서 버스를 기다리고 있던 박은영 씨는 10여분 전에 놓쳐버린 버스에 대한 아쉬움을 떨쳐내지 못하고 있었다.

'뒷자리로 사람들이 조금씩만 들어갔어도 몇 명 더 탈 수 있을 텐데……'
간신히 올라탄 다음 버스 역시 만원이긴 마찬가지였다.

잠시 후 버스가 정류장에 멈춰 섰다. 내리는 사

람은 몇 명 안 되는데 사람들이 계속 올라섰다.
여기저기서 불만의 소리가 터져 나왔다.

"하하! 여러분 불편해도 우리 다같이 갑시다.
얼마 안 되는 거리이니 조금만 참고 가자구요."

운전사의 호탕한 목소리에 사람들은 할 말을
잃고 말았다. 사람들이 한 발자국씩 뒤로 물러나
자 몇 명의 사람이 버스에 오를 수 있게 되었다.

박은영 씨는 사람들에 밀리고 밀려 뒷자리의
어떤 아주머니 옆에 서게 되었다. 그 아주머니는
바로 옆의 잘 차려 입은 중년 신사의 허리를 꽉
붙잡고 있었다. 버스가 흔들릴 때마다 아주머니
는 더욱 세게 허리를 붙잡았다. 중년 남자는 조금
도 움직이지 않았다.

이윽고 버스가 다음 정거장에 멈추려 할 때였다.

"아주머니, 이제 놔 주세요. 저 여기서 내려야 합니다."

"네? 나는 더 가야해요."

"그게 아니고 아주머니, 제 허리를 돌려주세요."

그때서야 상황을 알아차린 아주머니가 화들짝 놀라며 손을 뗐다.

"아휴, 죄송해요. 왜 진작 말씀하시지 않으셨어요. 제가 딴 생각을 하다가 그만…… 죄송합니다."

중년 남자와 같은 곳에서 내린 박은영 씨는 멀어져가는 버스와 중년신사의 뒷모습을 번갈아보며 생각했다.

'그래, 저 아저씨와 같은 사람들에 의해 버스는 목적지까지 더 많은 사람들을 태우고 갈 수 있는 거구나.'

엄마가 밖으로 던졌어요

얼마 전, 콜롬비아의 카르타헤나 지방에서 온 몸에 골절상을 입은 소녀가 발견되었다.

늦지대를 지나던 한 농부가 우연히 신음소리를 듣게 되어 발견된 소녀는 즉시 병원으로 옮겨졌다. 소녀는 정신을 잃은 채 '엄마가 밖으로 던졌어요!' 라고 중얼거렸다.

소녀가 누구이고, 왜 그 늦지대에 쓰러져 있었는지 아무도 알 수가 없었지만 소녀가 병원침대에서 깨어나서야 밝혀졌다.

바로 전날 밤이었다. 콜롬비아 보고타를 출발한 DC-9 비행기가 카르타헤나를 향해 날고 있었다.

53명의 승객들 중에는 보고타의 친척집에서 새해를 보내고 카르타헤나로 돌아가는 델가도 씨 가족이 있었다. 델가도 부인은 초등학교 4학년인 딸아이 에리카와 나란히 앉아 있었다. 델가도 부인은 잠시 창밖을 내려다보았다.

밖은 칠흑같이 어두웠다.

그때 비행기 앞쪽에서 원인 모를 연기가 피어올랐다.

"불이야!"

누군가가 소리쳤다.

비행기는 얼마 안 있으면 카르타헤나에 도착할 예정이었다. 기내는 삽시간에 아수라장이 되었다. 곧 비상착륙을 할 것이라는 조종사의 침착한 안내방송이 흘러나왔지만 비행기는 심하게 흔들렸고 매캐한 연기가 사람들의 숨을 조여오기 시작했다.

어린 딸아이를 감싸안고 바짝 고개를 수그린 델가도 부인의 머릿속엔 비행기가 곧 폭발할 것이라는 끔찍한 생각이 스쳤다.

그 순간 부인은 충격으로 열린 문틈으로 아이를 밀어냈다. 비행기는 3천m 상공에 떠있었다.

"엄마" 하고 소리치며 어둠속으로 떨어지는 아이의 모습이 점점 멀어졌다. 그리고 잠시 후 요란한 굉음과 함께 카르타헤나 상공은 대낮처럼 밝아졌다.

비행기가 폭발한 것이다.

에리카는 번쩍하는 섬광에 그만 정신을 잃었다.

아이가 희미하게 정신을 차렸을 때는 물기가 있는 늪지대였다. 그러나 놀랍게도 아이는 가벼운 골절상을 입었을 뿐 크게 다치지 않았다.

이 끔찍한 비행기 사고로 어린 에리카를 제외한 승객 모두가 숨지고 말았다.

과자가 아주 맛있구나

어떤 늙은 수도자가 임종을 맞게 되었다.

곁에서 오랫동안 스승을 돌보아 온 제자 하나가 이 사실을 마을 사람들에게 알렸다. 스승을 따르고 사랑하는 사람들은 너무나 많았다. 멀리서부터 소식을 들은 사람들이 임종을 지켜보기 위해 밤길을 달려왔다.

그런데 소식을 들은 한 제자는 스승의 집으로 가지 않고 곧장 시장으로 뛰어갔다. 곁에 있는 남자가 소리쳐 물었다.

"이보게. 스승의 집은 저쪽인데 왜 시장쪽으로 가는 건가?"

"먼저 가시오. 저는 스승님이 좋아하시는 과자를 사가지고 가겠습니다."

멀리 사라지는 제자를 보며 남자는 중얼거렸다.

'죽어가는 마당에 과자가 무슨 소용이람…….'

몇 시간을 찾아 헤맨 끝에 결국 그 과자를 찾아낸 제자는 부리나케 오두막집으로 달려갔다. 제자는 잠시도 발을 멈추지 않고 제발 스승이 살아 있기만을 기도했다. 다행히 스승은 살아 있었다.

온통 땀범벅이 된 제자가 사람들을 헤치고 스승 앞으로 가서 꿇어앉았다. 그리고 과자 한 조각을 스승의 입에 가져다 댔다. 제자를 바라보는 스승의 눈에 눈물이 글썽였다. 그리고 과자를 입 안으로 조금 넣어 주었다. 그리고 얼마 후 임종을 지켜보던 누군가가 스승에게 말했다.

"스승님, 저희에게 마지막 말씀을 해주십시오. 저희들은 그 말을 모두 기억할 것입니다."

한참동안 말이 없던 스승이 간신히 눈을 뜨고 주위를 둘러보다가 과자를 가져온 제자를 뚫어지게 쳐다보며 말했다.

"그래, 과자는 참으로 맛이 있구나."
이것이 스승의 마지막 유언이었다.

저기, 웃고 있는 사람

작가 호퍼는 노동자 출신으로 오랫동안 실업자로 우울하게 하루하루를 보낸 일이 있었다.

그는 로스앤젤레스 시에서 운영하는 무료직업 소개소에 아침마다 나가 일자리를 구해 보았지만 쉽지가 않았다.

자신과 같은 처지의 사람이 무려 5백여 명이나 앉아 있었던 것이다. 가끔 어떤 남자가 나타나 '잔디 깎을 사람!' 하고 소리 치고 거기 모인 5백 명의 사람들 중 한두 사람만 뽑아갔다.

호퍼는 속으로 생각했다.

'도대체 이 많은 사람 중에 무엇을 기준으로 한 사람을 뽑아가는 걸까? 그것만 안다면 일자리 구하기는 쉬울 텐데…….'

그는 그 비결을 찾기 위해 날마다 다른 방법을 써 보았다.

하루는 맨 가운데 앉아보기도 하고 또 하루는 맨 앞에, 어느 땐 또 맨 뒤에 서 있기도 했다.

그러나 항상 다른 사람이 뽑혔다. 그래서 이번엔 좀 더 눈에 띄게 하기 위해서 책을 들고 있기도 하고 눈에 잘 띄는 색깔의 옷을 입어보기도 했다.

그 방법 역시 호퍼에게 일자리를 주지는 못했다. 그러다 문득 이런 생각이 들었다.

'맞아, 내가 정말 직업을 구하는 게 시급한 사람처럼 보이면 뽑히지 않을 거야. 행복하게 보이고 직업에는 별 관심이 없는 것처럼 보이면 가능

성이 있을 거야.'

다음 날 호퍼는 얼굴에 가득 웃음을 띠고 행복한 표정을 지으며 앉아 있었다. 그 자리엔 역시 수백 명의 사람이 모여 있었다. 이윽고 한 남자가 들어와 무슨 일을 할 것인지 이야기하고 주위를 둘러보았다.

"저기, 가운데 웃고 있는 사람!"
그는 호퍼를 가리키고 있었다.
그 뒤부터 호퍼는 매일 일자리를 얻을 수 있게 되었다.

 ## 살아 있는 둑

육지가 바다보다 낮은 지형적 조건 때문에 늘 홍수 피해를 걱정해야 하는 네덜란드를 지금까지 지켜온 것은 바닷물을 막아내는 둑이 아니었다.

1953년 1월 31일 네덜란드 코라인스프라이트 마을에 거대한 폭풍우가 몰려왔다. 고기잡이를 떠난 아버지를 기다리던 한스는 맨 먼저 폭풍우를 발견하고 종을 울려서 사람들에게 위험을 알렸다.

잠자고 있던 마을 사람들은 약속이나 한 듯 모

래주머니를 하나씩 짊어지고 둑을 막기 위해 모여들었다.

그때 누군가가 외쳤다.

"둑은 이제 가망 없다. 바닷물은 이미 둑을 넘어섰다. 하지만 수문만 지키면 마을은 산다!"

그리고 수문이 밀리지 않도록 모래주머니를 하나, 둘 쌓기 시작했다.

그러나 사람들의 노력에도 불구하고 수문은 조금씩 흔들렸다. 그 수문이 무너지면 마을이 물에 잠기는 것은 물론 옆 마을과 도시까지 물에 휩쓸릴 것이 분명했다.

"아, 이런 안 돼! 모래주머니를 더 쌓아야 해."

다급해진 누군가가 소리쳤다. 그러나 이제 더이상 모래주머니는 없었다.

"모래주머니가 없으면 우리 몸으로 대신 막아서요!"

　마을의 어린 소년인 고오그가 뜻밖의 제안을
했다. 고오그는 말을 마치자마자 수문에 몸을 딱
붙이고 기대어 섰다. 마을 사람들이 하나, 둘 고
오그를 따라 하기 시작했다. 그리하여 사람들은
서로의 어깨와 어깨를 대고 흔들거리는 수문 앞
에 버티고 섰다. 수문의 흔들림이 어깨에 느껴질
때마다 그들은 더욱 힘을 주었다. 그렇게 추위와
고통을 참으며 몇 시간을 보내자 빗방울이 점점
가늘어지기 시작했다.

　오직 마을을 지키고 나라를 구하겠다는 강철
같은 마음이 파도를 조금씩 잠재운 것이다.
　2월의 첫새벽 바다 저쪽에서 한 줄기 빛이 밝아
오고 있었다.
　살아 있는 둑이 코라인스프라이트 마을과 네덜
란드를 구한 것이다.

 헛간 이야기

사소한 오해 때문에 오랜 친구와 연락이 끊긴 어떤 한 사람이 있었다.

그는 자존심 때문에 전화를 하지 않고 있긴 했지만 친구와의 사이에 별 문제는 없으리라 생각하고 있었다.

어느 날 그 사람이 다른 친구를 찾아갔다.

그들은 자연스럽게 우정에 대해 이야기를 나누게 되었다. 창밖으로 보이는 언덕 위를 가리키며 그 친구가 말을 꺼냈다.

"저기 빨간 지붕을 얹은 집 옆에는 헛간으로 쓰이는 꽤 큰 건물이 하나 있었다네. 매우 견고한 건물이었는데 건물 주인이 떠나고 얼마 지나지 않아 허물어지고 말았지. 아무도 돌보지 않으니까 빗물이 처마 밑으로 스며들어 기둥과 대들보 안쪽으로 흘러내렸다네. 그러던 어느 날 폭풍우가 몰아쳐 조금씩 흔들리기 시작했지. 삐걱거리는 소리가 한동안 나더니 마침내 와르르 무너져 내렸다네. 헛간은 졸지에 나무 더미가 되어버렸다네. 나중에 그곳에 가보니 무너진 나무들이 제법 튼튼하고 좋은 것들이었지. 하지만 나무와 나무를 이어주는 나무못의 이음새에 빗물이 조금씩 조금씩 스며들어 나무못이 썩어버리게 되어 결국 허물어지고 만 것이지."

두 사람은 언덕을 내려다보았다.
거기에 잡초만 무성할 뿐 훌륭한 헛간이 있었다는 흔적은 남아 있지 않았다.

"여보시게 친구, 인간관계도 '물이 새지 않나' 하고 돌봐야 하는 헛간 지붕처럼 자주 손봐주어야 하네. 편지를 하지 않거나, 전화를 하지 않거나, 고맙다는 인사를 저버리거나, 다툼을 해결하지 않고 그냥 지낸다거나 하는 것들은 모두 나무못에 스며드는 빗물처럼 이음새를 약화시킨다는 말일세. 그 헛간은 좋은 헛간이었지. 아주 조금만 노력했다면 지금도 저 언덕에 훌륭하게 서 있었을 것이네."

그 사람은 친구의 마지막 말을 가슴에 새기며 집으로 돌아가는 발걸음을 재촉했다. 옛 친구에게 전화를 걸기 위해서……

 # 다른 것을 고르세요

사업가인 스튜어트의 가게에 어느 날 옷감을 사려고 손님이 찾아왔다. 손님은 옷감의 견본을 뒤적이더니 한 물건을 가리키며 점원에게 이것저것 물었다. 그러자 젊은 점원이 친절하게 대답했다.

"잘 고르셨습니다. 이 옷감은 색상도 독특하지만 염색의 질이 아주 좋습니다."

이때 스튜어트가 우연히 매장을 돌아보던 중 점원은 더욱 목소리를 높이며 온갖 좋은 말로 옷감을 칭찬했다. 점원을 바라보는 스튜어트의 머 릿속에는 어제 일이 떠올랐다.

'어제 저 옷감이 새로 도착했을 때 모두들 옷감 의 질이 나쁘다고 하지 않았던가? 특히 지금 물 건을 팔고 있는 저 젊은 점원은 옷감을 물에 담그 면 염색이 쉽게 빠진다고 했는데……'

염색의 질이 우수하다는 점원의 말에 스튜어트 는 쓴웃음을 지었다. 점원의 유창한 말솜씨는 손 님에게 그 물건을 사게 만들기에 이르렀다. 점원 은 의기양양하게 계약서를 준비하려고 하였다.

그러자 옆에서 지켜보던 스튜어트가 조용히 말 했다.

"손님, 저희 점원이 물건에 대해 잠깐 착각을 한 듯합니다. 그 물건에 몇 가지 결점이 있으니 다른 물건을 고르시는 게 좋겠습니다. 죄송합니 다."

손님은 고개를 끄덕이며 다른 물건을 찾기 시작했다.

스튜어트는 조용히 그 점원을 방으로 오도록 했다. 잘 되어가는 일에 스튜어트가 일을 망쳐놓았다고 생각한 그는 얼굴을 잔뜩 찌푸리고 있었다.

짧은 침묵이 흐른 후 스튜어트의 나지막하지만 단호한 목소리가 방안에 울렸다.

"자네, 내일부터는 출근하지 않아도 되네."

고객 한 사람 한 사람에게 소홀하지 않았던 스튜어트의 이러한 정직성은 그를 19세기를 대표하는 세계적인 기업가로 만든 밑바탕이었다.

 엄마의 자장가

1966년 6월 23일 오후 4시.

포클랜드 공항에 도착할 예정이었던 비행기 한 대가 태풍을 맞아 위험한 비행을 하고 있었다.

비행기는 회오리바람에 휘말려 마치 종이연처럼 팔랑거렸다. 마침내 비행기는 아래로 떨어져 내렸다.

비행기가 장난감처럼 처박힌 곳은 눈 덮인 산의 정상 부근이었다.

많은 승객들이 떨어지는 충격에 의해 목숨을

잃었다. 그 승객들 사이로 가늘게 눈을 움직이는 한 여자가 있었다.

캐롤라인은 등에 심한 통증이 느껴져 신음을 내뱉고 슬며시 눈을 떴다. 순간 그녀는 눈 덮인 산으로 곤두박질치는 비행기 안에서 엄청난 공포에 소리를 지른 것이 떠올랐다.

그리고 그녀는 그때까지 꼭 껴안고 있던 딸 로라를 살펴보았다.

아기는 무슨 일이 일어난 지도 모르는 채 손가락을 빨고 있었다. 생존자는 더 이상 없었다.

사람들은 모두 심한 상처를 입어 죽어 있었고 비행기 안은 피비린내로 가득했다.

아이가 울기 시작했다.

배가 고픈지 계속 보채는 것이었다. 캐롤라인 역시 심한 갈증에 마실 물을 찾고 찾았다. 그러나 물탱크는 이미 깨져서 마실 물이라곤 찾을 수 없었다.

캐롤라인은 생각했다.

'물이 없으면 안 돼. 아기에게 젖을 물리려면 물을 마셔야 돼. 몸에 물기가 없으면 젖이 나오지 않을 텐데…… 창밖의 눈이라고 먹을 수 있다면……'

그러나 캐롤라인은 움직일 수가 없었다. 기체가 심하게 부서져서 밖으로 나갈 수 없었기 때문이다.

아기는 계속 보챘다.

캐롤라인은 자기의 옷을 벗어 아이를 감싸 꼭 껴안았다. 나오지 않는 젖을 물며 아이는 울어댔다.

캐롤라인은 죽음에 대한 공포 속에서도 아기만을 쳐다보며 조용히 입을 움직였다.

아이를 위해서 자장가를 부르기 시작한 것이었다. 눈 덮인 산에서 살을 에는 듯한 바람을 가르며 캐롤라인의 나지막한 자장가가 울려 퍼졌다.

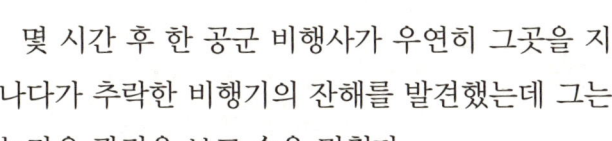

몇 시간 후 한 공군 비행사가 우연히 그곳을 지나다가 추락한 비행기의 잔해를 발견했는데 그는 놀라운 광경을 보고 숨을 멈췄다.

어린 아기가 엄마 품에 안겨 새근새근 잠들어 있었고 그 엄마는 입가에 마소를 띠며 죽어 있었던 것이다.

 마음

어떤 사람이 사업관계로 미국에 갔다가 그곳
호텔에 투숙하게 되었다.

때는 여름이라 몹시 더웠는데 다행히 호텔은
에어컨이 가동중이라 시원하게 잠을 잘 수 있었
다.

그런데 한밤중에 갑자기 정전이 되었다. 그는
정전이 된 줄 모른 채 자다가 숨 막히는 더위로
뒤척거렸다.

찌는 듯한 더위로 잠을 이룰 수 없었던 그는 창
문을 열기 위해 일어났다. 깜깜한 어둠과 졸음 속

에서 이리저리 한참을 더듬던 그는 창문 하나를 발견했다. 그러나 아무리 열려고 해도 창문은 열리지 않았다.

더위로 가뜩이나 짜증이 난 그는 창문을 열다가 그만 실수로 유리창을 깨뜨리고 말았다. 쨍그랑 하는 소리가 어둠 속에서 울리고 그는 시원한 바람 한 줄기가 들어옴을 느꼈다.

'유리창은 깨졌지만 바람이 들어오니 살 것 같군.'

이렇게 생각한 그는 다시 침대로 가 기분 좋게 잠을 청했다.

이튿날 아침, 그는 아침 일찍 눈을 떴다.

어젯밤 깬 유리창 생각이 났기 때문이다. 어슬렁어슬렁 창가로 다가간 그는 깜짝 놀랐다. 유리창은 깨지지 않은 채 그대로 잘 있었던 것이다.

놀란 그가 뒤돌아서 앞을 보자 큰 거울이 있어야 할 자리에 나무판만 흉하게 걸려 있는 것을 발견했다. 그가 몇 발자국 앞으로 걸어 나가자 그의 발밑에는 깨진 거울 조각들이 빛을 내며 무수히 널려 있었다.

알고 싶은 미래

옛날 아주 조그만 나라가 있었다.

그 나라는 너무 작아 주위에 있는 나라로부터 종종 침략을 받았다. 하루는 이웃나라에서 다음 달에 쳐들어가겠노라는 선전포고를 해왔다.

왕은 불안해서 견딜 수가 없었다.

'만약 미래를 알 수 있다면 편안하게 대처할 수 있을 텐데……'

왕의 생각은 여기까지 이르렀다.

다음 날 왕은 전국에 있는 예언자들을 궁궐로

불러 미래에 대해 이야기를 청해 들었다. 그러나 어느 누구 하나 정확하게 미래를 이야기하는 사람이 없었다. 왕은 전국을 샅샅이 뒤져 제일 유명한 예언자를 찾으라고 명령했다.

며칠 만에 한 스님을 찾아낸 신하들이 기쁜 마음으로 왕 앞에 나섰다.

그러나 스님은 미래에 대해 아무것도 이야기해 줄 수가 없노라고 했다.

화가 난 왕이 버럭 소리를 질렀다.

"그렇다면 나에게 미래를 보는 방법을 가르쳐 주시오! 내가 직접 미래를 보겠소!"

그러자 스님이 말했다.

"왕이시여! 만약 내가 전쟁에서 이긴다고 하면 당신은 방심하게 될 것이고, 또 전쟁에서 진다고 하면 불안한 마음으로 하루하루를 보내다 결국 싸우지도 않고 전쟁에서 질 것입니다.

왕이시여! 내가 알려드릴 수 있는 미래는 분명히 이웃나라에서 쳐들어온다는 것뿐입니다. 그리고 그 전쟁을 치러야 한다는 것입니다. 그것에 대해 의연하고 성실하게 대처해 나갈 수 있는 마음을 가진다면 당신이 알고 싶은 미래는 자연스럽게 알게 될 것입니다.”

 영원히 살아 있는 시

일제강점기 때 교직에 있던 소설가 김정한 선생은 한국인 차별대우에 저항하여 교원연맹을 조직했다가 체포되어 갖은 고초를 겪었다.

선생이 감옥에 수감되었을 때의 일이다.

사방의 붉은 벽을 쳐다보며 선생은 차가운 바닥에 앉아 있었다. 그러다 무슨 생각에서인지 손톱으로 벽을 긁적거렸다.

붉은 가루가 떨어졌다. 선생은 가루를 손바닥에 올려놓고 침으로 이긴 뒤 액체로 만들었다. 그

것으로 무엇인가 쓰려는 것이었다.

당시 감옥엔 종이와 연필 등의 필기구가 허용
되지 않았다. 선생은 젓가락 끝으로 그 액체를 찍
은 뒤 입고 있던 흰 옷에 몇 글자를 써보았다.

성공적이었다. 선생은 뛸 듯이 기뻤다.
그 날부터 김정한 선생은 간수의 눈을 속여 가
며 바깥의 아내가 들여 보내준 옷 안쪽에 시를 적
었다. 그 시들 중엔 아내와 아이들을 걱정하는 가
슴 아픈 시들도 있었다.

우르르 떠나는 압송차 뒤를 따라
미친 듯 달리다 넘어지던 아내 모습
가을밤 깊어 갈수록 더욱 생각나기도
비에 젖은 압송차
창밖에 붙어 서서
다시는 날 못 볼 듯 그렇게 흐느끼는 애들

이 밤은 너희들에게 얼마나 추운고

이렇게 해서 완성된 시가 50여 편이 넘었을 즈음 선생은 풀려났다. 집으로 돌아온 선생이 가장 먼저 찾은 것은 옥중에서 쓴 시들이었다. 그러나 그 시들은 단 한 편도 남아 있지 않았다.

선생이 아내에게 다그쳐 묻자 아내가 말했다.
"당신이 너무 그립고 걱정되고 보고파서 당신의 살 냄새라도 맡고 싶어 두고두고 꺼내보곤 했는데 다시 차압할 옷이 없어 그만 빨아버렸어요."
아내의 눈엔 눈물이 가득 고여 있었다.

감옥 안에서 온갖 고생을 하며 썼던 시 50여 편은 그대로 사라지고 말았다.
선생은 아내의 등을 토닥토닥 두드리며 생각에 잠겼다.

나의 시는 영영 없어졌지만 그 옷에서 내 살 냄새를 맡았다는 아내의 마음속에 만은 영원히 살아 있으니 그것만으로도 좋았다.

부모 마음

어느 마을에 늙고 병이 든 아버지를 모시고 살고 있는 아들이 있었다. 그런데 살림이 너무 가난해 아들이 벌어오는 돈으로는 생활하기가 무척 어려웠다.

그러자 이 아들은 변변한 재산도 물려주지 않고, 일도 하지 못하면서 꼬박꼬박 세 끼를 먹는 아버지가 점점 야속하고 미워졌다.

그래서 아들은 은근히 아버지가 빨리 돌아가시기만을 기다렸다. 결국 아들은 아내와의 상의 끝에 뒷산 밑에 있는 연못에 아버지를 빠뜨리기로 했다.

어느 날 아들은 아버지를 연못가로 데리고 가 아버지가 한눈을 파는 사이 힘껏 등을 떠밀었다.

그 순간 아버지는 얼결에 아들의 목을 감고 살려달라고 소리쳤다. 아들은 정신없이 아버지의 팔을 풀려고 애를 썼다. 한동안 이들은 밀고 당기며 싸움을 했다.

마침 그 옆을 지나가던 포졸이 있었다. 포졸은 이들의 모습이 하도 이상해 왜 그러느냐며 연유를 물었다.

포졸의 모습을 본 아들은 가슴이 덜컥 내려앉았다.

사실을 말했다가는 곧바로 감옥행이기 때문이었다. 아들이 겁에 질려 말을 더듬거릴 때 아버지가 먼저 아들의 말을 가로챘다.

"사실은 내가 이렇게 늙고 병들어 아무 쓸모없는 몸이라 가난한 살림에 입이나 덜어주려고 이 연못에 빠져 죽을 작정을 했습니다. 그랬더니 어느새 아들이 달려와 말리는 바람에 이러지도 저러지도 못하는 중이라오."

아들은 아무 말도 하지 못했다. 아들은 아버지의 고목처럼 갈라진 손을 꼭 쥐고 집으로 돌아왔다. 늙은 아버지는 아무 말도 하지 않았다.

 행복한 사람

어느 나라에 모든 것이 풍족한 왕이 살고 있었다.

이 왕이 이상한 병에 걸려 시름시름 앓게 되었다. 놀란 왕자들과 신하들은 전국의 용하다는 의원을 불러들여 진찰해 보았지만 어떤 약으로도 고칠 수 없는 희귀한 병으로 판명되었다. 그런데 한 시골의사가 왕을 진맥해 보고는 '행복한 사람의 속옷'을 입어야 병이 낫는다는 처방을 내려주었다.

왕자들과 신하들은 전국으로 흩어져 행복한 사람을 찾기 시작했다. 그러나 행복한 사람을 만나기란 쉬운 일이 아니었다.

　'이 사람이다' 라고 생각하고 다가가 보면 그에겐 몇 가지의 불만이 반드시 있게 마련이었다.

　부자도, 명예가 있는 자도 모두 불행한 사람들이었다.

　왕자가 크게 실망을 하고 궁궐로 돌아오는 길이었다. 산 속 어디선가 도란도란 얘기하는 소리와 웃음소리가 섞여 들려왔다.

　왕자는 소리 나는 곳으로 말을 몰았다.

　그곳은 아주 초라한 작은 집이었는데 왕자는 몰래 집의 조그만 창으로 안을 들여다보았다. 사람들은 지쳐보였지만 아버지와 어머니로 보이는 두 사람과 그들의 어린자식들이 마냥 행복해 보이는 얼굴로 웃고 있었다.

'옳지, 이 사람들이야말로 정말 행복해 보이는 군.'

이렇게 생각한 왕자는 얼른 그 집안으로 들어가 사정을 얘기했다. 왕의 병을 낫기 위해서는 행복한 사람들의 속옷이 필요하니 속옷을 제발 벗어달라는 왕자의 말에 아버지인 듯한 사람이 난처한 표정을 지으며 자기의 윗도리를 걷어 올렸다.

"왕자님, 저희는 분명 행복한 사람들이지만 보시다시피 저희는 너무 가난해서 속옷을 입지 못했습니다."

왕자는 행복한 사람의 말을 듣고 멍하니 서 있었다.

 더운 마음을 지닌 사람들

전국을 구름처럼 떠도는 한 나그네가 뉘엿뉘엿 해가 서산으로 넘어가자 하룻밤 묵어가기 위해 한 마을에 들어섰다.

마침 때는 흉년이 들었던 해라 마을은 썰렁하고 무척 곤궁해 보였다. 나그네는 일부러 그래도 좀 나아보이는 집을 찾아 지친 발걸음을 쉬어가려 했다.

"이리 오너라!"

곧이어 심부름꾼이 나왔고 나그네는 곧 사랑채

로 안내되었다. 그는 널찍한 방에 앉아 주인을 기
다렸다.

　잠시 후 깨끗한 의복을 입은 한 선비가 나타나
미소를 띠며 인사를 청했다. 그리고 곧 저녁상이
나왔는데 나그네는 하룻밤 잠자리를 얻는 것만으
로도 고마운 터에 저녁까지 주려는 주인의 마음
씨에 미안한 생각이 들었다.

　밥상은 주인과 겸상으로 반찬은 아무것도 없었
다. 덩그러니 놋주발 두 개가 뚜껑이 덮인 채 상
위에 놓여 있었다.

　"귀한 손님이 오셨는데 정말 죄송합니다. 뜨거
울 때 조금이라도 드십시오."

　주인은 나그네에게 저녁을 들 것을 권유하며
수저를 들고 밥주발의 뚜껑을 열었다. 나그네도
감사의 말을 건네며 주인이 하는 대로 따라했다.

뚜껑을 연 나그네는 문득 두 눈이 더워오는 것을 금할 수 없었는데 놋그릇 속에는 뜨겁게 끓인 백비탕이 가득 담겨져 있었다.

나그네에게 아무 것도 대접할 것이 없는 가난한 주인이 손님을 위해 맹물이나마 정성껏 끓여온 것이었다.

나그네는 주인의 마음이 너무도 고마워 뜨거운 백비탕 한 그릇을 후후 불어가며 맛있게 먹었다.

 되돌아오는 메아리

형과 아우가 싸우면 부모들은 늘 형을 나무란다.

어느 시골 마을에 어린 형제와 어머니가 살고 있었는데 이 두 형제는 자주 토닥거리며 싸웠다. 그러면 어머니는 형을 동생보다 더 호되게 야단쳤다.

형은 그때마다 모든 것이 동생 탓이라고 여겨 분을 삭이지 못했다.

어느 날 동생과 싸워 어머니에게 꾸중을 들은 형이 씩씩거리며 앞산으로 올라갔다. 그리고 앞산을 향해 소리쳤다.

"나는 너를 미워한다!"
동생을 향해 던진 이 말은 메아리가 되어 다시 돌아왔다.
"나는 너를 미워한다아……."

아이는 놀라 집으로 뛰어 내려갔다.
얼굴이 하얗게 질려 뛰어오는 아이를 본 어머니가 무슨 일이냐고 물었다.

"어머니! 저 앞산에 나를 미워한다고 말하는 사람이 있어요."
아이의 말을 들은 어머니는 아이의 머리를 쓰다듬으며 조용히 말했다.

"애야, 이번엔 다시 가서 '나는 너를 사랑한다'
라고 크게 소리쳐 보렴."

"나는 너를 사랑한다!"
"나는 너를 사랑한다아……."
산속의 그 누군가는 아이의 외침에 이렇게 대
답했다.

어느 해 가을, 남루한 차림의 선비가 하인 한 명을 데리고 길을 걸어가고 있었다.

이윽고 날이 저물자 선비는 가까운 주막으로 들어가 하룻밤 묵을 방을 빌려 피곤한 몸을 뉘였다. 선비는 먼 길 여행에 금세 잠이 들었다.

"충청수사 행차요!"

갑자기 주막 안은 이 소리를 시작으로 소란해졌다.

충청수사가 이 주막에 묵어갈 테니 이 주막에

서 제일 좋은 방을 내놓으라는 것이었다.

"나리, 그런데 그 방엔 이미 손님이 와 계시니
다른 방으로······."
이미 선비가 그 방을 차지한 터라 주막주인은
어쩔 도리가 없노라고 했다. 그러자 충청수사를
호위하는 관리 한 명이 호령을 했다.

"무엄하구나! 어서 썩 그 방을 비우도록 해라!"
결국 선비의 방엔 충청수사가 들었고 나머지
방 역시 수행관리들이 모두 차지했다.

선비는 묵을 방이 없어 관리들 틈에 섞여 하룻
밤을 지냈다. 그러나 선비의 얼굴에는 노여운 빛
을 전혀 찾아볼 수 없었다.

그 선비가 바로 효종임금의 부름을 받고 이조
판서에 취임하기 위해 한양으로 가던 우암 송시

열이었다.

　당시 이조판서의 직책은 충청수사보다 훨씬 높은 벼슬이었음에도 불구하고 송시열은 하룻밤을 아무런 불평 없이 조용히 보낸 것이었다.

사랑

폴의 첫사랑은 초등학교 2학년 때 담임선생님이었던 벤슨이란 여선생이었다. 폴은 나중에 커서 벤슨 선생님과 결혼할 생각이었다.

수업시간에 그는 선생님 얼굴을 보기 위해 자리를 뜨지 않았다. 그가 유일하게 자리에서 일어서는 때는 선생님이 칠판을 지울 사람이나 시험지를 걷어 올 사람은 일어서라고 했을 때였다. 그것은 학급의 다른 아이들을 제치고 선생님 가까이 갈 수 있는 유일한 기회였다.

폴은 사과나 복숭아를 가져와 선생님 몰래 책
상에 올려놓곤 했다. 선생님은 그 과일을 보고 놀
라며 말했다.

"누구니? 아마도 선생님을 몹시 좋아하는 사람
이 가져다 놓았겠지?"

그러면 폴은 아이들과 선생님이 자기를 일제히
쳐다보는 것 같아 얼굴이 새빨개졌다.

폴은 수업시간에 공상하는 버릇이 있었다.

공상은 대개 선생님과 결혼하는 꿈이나 무서운
코끼리로부터 선생님을 구해내는 것이었다.

그러던 어느 날 폴은 선생님의 생일이 머지않
았음을 알아내곤 특별히 선물을 준비하리라 마음
을 먹었다.

생일 전날 폴은 오후 내내 숲속에서 들꽃을 꺾
었다.

때는 가을이라 꽃이 많지 않아 구석구석을 헤

매고 다녀야했다.

다음 날 선생님은 폴이 준 커다란 꽃다발 속에 얼굴을 파묻고 냄새를 맡으며 좋아했다. 폴의 기분은 날아갈 듯했다.

그런데 그 다음 날 선생님은 결근을 하고 폴은 교장실로 불려갔다. 선생님은 폴이 꺾어다 준 꽃 때문에 얼굴에 옻이 올라 병원에 입원한 것이었다.

교장선생님은 폴이 장난을 친 것이라 생각하고 10일간의 정학처분을 내렸다. 폴은 훌쩍거리며 선생님의 병실을 찾아갔다.

선생님은 눈만 빠끔히 내놓은 채 얼굴 전체에 붕대를 칭칭 감고 있었다. 폴은 옻나무가 섞인 줄 몰랐다며 울먹였다.

그러자 선생님이 말했다.

"그래 폴, 너는 내게 특별한 선물을 해주고 싶

었던 거지? 이 붕대를 풀면 널 꼭 껴안아 주고 싶구나. 그리고 폴, 비밀이 하나 있는데 이다음에 내가 결혼해서 아들을 낳으면 너같은 아이로 키우고 싶단다."

　폴은 병실을 나올 때 선생님의 눈에 어린 눈물을 언뜻 본 것 같았다.

잔디가 가르쳐 준 것

한글 땅이름학회 회장인 배우리님이 어렸을 때의 일이다. 그의 아버지는 몸이 아파서 누운 날을 빼고는 하루도 빠짐없이 해산물을 등에 지고 나르는 일을 했는데 그때마다 어린 그를 데리고 다녔다.

몹시 더운 어느 여름날이었다.

그 날도 어김없이 아버지는 등에 해산물이 가득 실린 지게를 졌고, 그도 등짐을 지고 힘겨운 걸음을 옮겨놓고 있었다. 며칠 동안 가물어서 딱

딱하고 푸석푸석 먼지 나는 길을 걷는 것은 보통 때보다 배나 힘들었다.

아직 어린 그가 자꾸 뒤지자 아버지는 나무그늘 밑에서 쉬어 가자고 했다. 나무그늘 밑에는 잔디가 보기 좋게 깔려 있었다.

그늘이 드리워진 잔디 위에 앉아 한참을 쉬고 있는데 아버지가 바로 앞에 펼쳐진 잔디를 가리키며 말했다.

"우리야, 저 잔디를 봐라. 저기 저 가운데 있는 잔디는 사람 발밑에서 죽을 고생을 하며 자란다. 그렇지만 저 잔디는 웬만해서는 뽑히지 않는단다."

그는 실제로 뭇사람들의 발에 밟혀 짓이겨질 대로 이겨진 잔디를 양손으로 힘껏 잡아당겨 보았다. 그러나 잔디는 약간 뜯어질 뿐 통째로 뽑혀

지지 않았다.

"우리야, 잔디는 무수한 사람 발아래에 시달리면서 자신만의 생명력을 갖게 된 거란다. 어려움을 겪어 본 사람은 그만큼 어려움을 이겨내는 힘을 갖게 되는 법이니까."

남만큼 배운 것이 없으셨던 아버지였지만 그 말씀은 어린 그에게 큰 감명을 주었다.

그 뒤로 그는 백 리 길도 힘든 줄 모르고 다녔다.

그가 편안한 출셋길이 보장된 직장을 박차고 나와서 거의 불모지나 다름없는 한글이름 보급운동에 전념할 수 있었던 것도 모두 고생을 체험하게 한 아버지의 가르침 덕분이었다.

가장 귀한 선물

70년대 초반 우리 가족은 전기와 수도도 없는 강원도 산골마을에서 살았다. 생활이 어렵던 시절이어서 결혼기념일이나 생일날에 제대로 된 선물을 주고받기란 엄두도 못 낼 형편이었다.

그러던 어느 해 남편의 생일이었다.
산장에 묵는 이들에게 스키를 가르쳐주는 남편을 위해서 나는 생일 선물로 스키복을 새로 장만해 주고 싶었지만, 여유가 되지 않아서 속상했다.
눈물을 글썽이는 나에게 남편은 별걱정 다한다

며 아직 멀쩡한 스키복을 왜 바꾸느냐고 핀잔을
주었다.

점심식사를 끝내고 밖으로 나갔던 남편이 부엌
에 있는 나를 불렀다.

"빨리 나와 봐요, 어서!"

부엌일이 끝나지 않아 멈칫거리고 있는데 남편
이 또 재촉했다. 나는 물기 젖은 손을 앞치마에
닦으며 밖으로 나갔다. 그런데 언제 들어왔는지
아이들이 마당 가운데에 커다란 눈사람을 만들어
놓고 몸 중간에 하얀 쪽지를 꽂고 있었다.

"너희들, 왜 벌써 돌아왔니?"

"눈이 너무 많이 와서 선생님이 한 시간 일찍
끝내주셨어요."

아이들은 마냥 흐뭇한 표정이었다. 남편도 기
뻐하며 아이들을 칭찬했다.

"얘들아, 아빠는 이런 멋진 생일선물을 받을 줄
몰랐구나. 정말 고맙다. 그런데 눈사람이 들고 있

는 하얀 쪽지는 뭐니?"

"우리가 아빠 매일 일하시도록 기운 세계 해달
라고 하느님께 부탁했어요."

남편과 나는 아이들의 솔직한 애정 표현에 잠
시 말문이 막혔다. 순간 꾸밈없이 밝고 건강한 아
이들이야말로 우리 인생의 가장 소중한 선물이라
는 생각이 들었다.

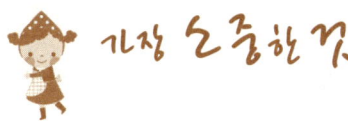 가장 소중한 것

어느 마을에 가난한 농부가 살고 있었다.

그는 그 마을 지주의 논을 경작하며 그럭저럭 생활해 나갔는데 아이가 다섯이나 되어 생활은 항상 쪼들렸다.

나중에는 끼니를 잇기가 어려워져 농부와 그의 아내는 어찌할 바를 모르고 근심에 쌓였다.

그런데 어느 날 부자였지만 아이가 하나도 없는 지주가 찾아와 다섯 아이 중 한 명을 주면 땅과 좋은 집을 주겠노라고 했다.

농부는 그 말을 듣고 기뻐했다. 다섯 아이 중

한 아이만 보내면 먹을 것 걱정 안하고 잘 살 수 있게 되리라는 생각 때문이었다.

아이들이 모두 잠든 저녁, 농부와 그의 아내는 잠을 이루지 못하고 과연 어떤 아이를 보내야 하는 지에 대해 의논했다.

"여보. 막내를 보내면 어떻겠소?"

농부가 잠들어 있는 아이를 보며 얘기하자 부인이 얼른 머리카락을 쓸어주며 말했다.

"이 아인 너무 어려요. 아직 젖도 떼지 못했는데……."

"그러면 넷째는 어떻소?"

"그 아이는 몸이 너무 약해요. 제가 돌봐야 안심이 돼요."

농부가 다시 장남을 가리키자 부인이 말했다.

"큰 애가 농사를 다 짓는데 그 애가 없으면 당신 일은 누가 돕죠?"

"하는 수 없군. 셋째를 보냅시다."

농부가 한숨을 쉬며 이렇게 얘기하자 부인은 고개를 저었다.

"당신도 알잖아요. 그 애가 얼마나 잘 우는지. 엄마가 없으면 하루 종일 울기만 할 거예요."

농부의 말에 모두 안 된다고 부인이 얘기하자 농부는 마지막 남은 아이를 가리켰다. 그 아이는 부모의 속을 가장 많이 썩이는 말썽꾸러기였다.

"여보, 그 애야 말로 우리의 사랑이 가장 필요한 아이예요."

결국 밤만 하얗게 세고 아무런 결정도 내리지 못한 농부는 다음날 지주를 찾아가 말했다.

"우리집 아이들이야말로 그 어떤 것보다 소중한 것이었습니다. 힘들더라도 함께 일하며 살아가겠습니다."

큰 돌과 작은 돌

두 여인이 마을의 덕망 있는 노인에게 가르침을 받으러왔다.

한 여인은 젊어서 남편을 바꾼 일에 대해 괴로워한 나머지 자신이 저지른 죄는 누구에게도 용서받을 수 없다고 생각했다.

그러나 다른 한 여인은 지금까지 살아오면서 특별하게 큰 죄를 지었다고 생각하지 않았다. 그녀는 대체로 착하게 살아왔다고 자부했으며 세상은 큰 죄를 짓는 여러 사람들이 흐려 놓는다고 생각했다.

노인은 두 여인의 말을 잠자코 듣고 있다가 큰 죄를 지었다고 생각하는 여인에게는 큰 돌 하나를, 그리고 다른 여인에게는 여러 개의 작은 돌을 가져오라고 했다. 두 여인은 영문을 모른 채 노인의 말대로 각각 돌을 가져왔다.

그러자 이번엔 노인이 가져온 돌을 건네주며 다시 제자리에 도로 갖다 놓으라고 했다. 큰 돌 하나를 가져온 여인은 쉽게 원래의 자리를 찾아 한 치도 틀림없는 제자리에 갖다 놓았다.

그러나 여러 개의 작은 돌을 주워 온 여인은 도대체 어떤 돌이 어느 자리에 있었는지 도저히 생각나지 않았다. 여인은 당황해서 돌무더기를 맴돌고 있는데 노인이 다가왔다.

"죄라는 것도 마찬가지이니라. 크고 무거운 돌은 어디에서 가져왔는지 기억할 수 있어 제자리에 갖다 놓을 수 있으나, 작은 돌은 원래의 자리

를 찾기가 어려워 도로 갖다놓을 수가 없는 것이
다. 큰 돌을 가져온 여인은 한 때 지은 죄를 기억
하고 양심의 가책을 느끼며 겸허하게 견뎌왔다.
그러나 작은 돌을 가져온 여인은 비록 하잘것없
는 것 같아도 네가 지은 작은 죄들을 모두 잊고
살아온 것이다. 그리고는 뉘우침도 없이 죄의 나
날을 보내기에 버릇이 들었다. 너는 다른 사람의
죄는 이것저것 말하면서 자기가 죄에 깊이 빠진
것을 모르고 있었다. 인생은 바로 이런 것이다.”

　두 여인은 노인의 말에 잠자코 고개를 떨구고
있었다.

화장실을 청소하는 학장

필리핀의 부자 사업가의 아들인 카 통 까우라는 학생이 수도 마닐라에 있는 성서대학에 입학했을 때였다.

카 통 까우는 기숙사에서 생활할 예정이었는데 기숙사에 들어간 첫 날, 기숙사의 화장실을 제대로 청소하지 않아 매우 지저분했다.

몹시 언짢아진 그는 곧바로 학장실로 달려갔다.

"학장님, 이곳 기숙사의 욕실과 화장실은 너무 지저분합니다. 정말이지 학교에 다닐 마음이 싹

사라질 것 같습니다.”

학장은 카 통 까우에게 기숙사 방 번호를 물은 뒤 조치를 취해주겠으니 방으로 돌아가라고 했다.

기숙사로 돌아온 그는 책상에 앉아 책을 보며 청소부가 오기를 기다렸다. 얼마쯤 지난 후 욕실에서 쓱싹쓱싹 비질하는 소리 들렸다. 카 통 까우는 욕실문을 벌컥 열어젖혔다.

이내 허리를 잔뜩 구부리고 일하던 사람이 문소리에 놀라 고개를 돌려 카 통 까우를 쳐다보았다. 그러나 뜻밖에도 청소부는 학장이었다. 학장은 비누거품이 잔뜩 묻은 솔을 든 채 웃고 있었다.

“아니, 학장님! 지금 여기서 무엇을 하고 계시는 겁니까?”

“자네가 아까 욕실이 더럽다고 하지 않았나. 이

만하면 깨끗하지?"

학장의 솔직한 웃음소리를 들은 카 통 까우는 부끄러움으로 얼굴이 달아올랐다.

"이보게. 우리 학교는 부자 학교가 아닐세. 기숙사 청소부를 따로 둘만한 여유가 없다는 말일세. 그러니 우리 학교를 다니려면 청소쯤은 제 손으로 해야 한다네. 여기서는 모든 일을 자기 스스로 알아서 해야 함을 잊지 말게."

 감사할 줄 아는 아이

어느 해 독일 전역에 흉년이 들었다.

대다수 국민들이 기근으로 몹시 어려움을 겪고 있을 때 비교적 넉넉한 삶을 살고 있는 노부부가 있었다.

이 노부부는 어느 날 동네 공터에서 놀고 있는, 제대로 먹지 못해 몹시 비쩍 마른 아이들에게 빵을 만들어 주어야겠다고 생각했다. 그들은 곧 집에서 빵을 여러 개 구운 뒤 그것을 공터로 가지고 나와 배고픈 아이들에게 나눠주었다.

"이 바구니에는 너희들 한 사람이 한 개씩 먹을 수 있는 빵이 있단다. 모두 한 개씩만 가져가거라. 내일 오면 또 빵을 주마."

　할아버지의 말이 끝나기가 무섭게 아이들은 서로 큰 빵을 가지겠다고 달려들어 한 개씩 움켜쥐고는 그냥 집으로 돌아갔다.

　다음날도 마찬가지였다.

　그런데 늘 모두가 빵을 가져간 뒤에야 마지막 남은 작은 빵을 집어 드는 소녀가 있었다.

　크레첸이라는 이름의 그 소녀는 언제나 작은 빵이 자신의 차지가 되었지만, 집으로 돌아가기 전에 "감사합니다"라는 인사를 잊지 않았다.

　노부부는 그런 크레첸을 매우 기특하게 생각했다.

　그러던 어느 날이었다.

　그날도 노부부가 나눠준 빵을 감사히 받아들고

돌아온 크레첸은 동생과 함께 나눠먹기 위해 빵을 쪼개다가 그 안에서 반짝이는 은화 여섯 닢을 발견했다.

크레첸은 깜짝 놀라 얼른 은화를 가지고 노부부에게로 달려갔다. 그러나 할아버지는 숨을 헐떡이며 달려온 크레첸을 향해 빙긋이 웃으며 말했다.

"이 은화는 감사할 줄 아는 착한 아이에게 주기 위해 제일 작은 빵을 만들 때 넣은 거란다. 크레첸 네게 주는 선물이다."

할아버지는 크레첸의 머리를 쓰다듬어 주었다.

 # 목숨을 건 재치

독일의 나치당은 2차 대전 중 온 국민의 힘을 모으는 수단의 하나로 유태인을 박해했다. 유태인은 독일뿐 아니라 유럽 어디에서도 환영받지 못해 항상 신분을 감추거나 몸을 숨겨야 했다. 그것이 곧 그들이 목숨을 부지하는 유일한 길이었다.

어느 날 유태인 두 사람이 유럽의 어느 거리를 걸어가고 있었다. 한 사람은 거리를 오갈 수 있는 통행증이 있는 사람이었고 나머지 한 사람은 통행증이 없었다.

두 사람은 부지런히 목적지를 향해 걷고 있었
는데 이때 두 게슈타포(독일군인)가 나타나 통행
증을 보여줄 것을 요구하며 다가왔다. 그러자 재
빠르게 두 유태인 중 한 명이 도망을 쳤다.

순식간에 일어난 일이라 게슈타포는 도망간 유
태인의 뒤를 쫓았다. 게슈타포는 도망가는 사람
이 분명 통행증이 없는 유태인이라고 확신한 것
이다.

쏜살같이 달려간 유태인은 결국 게슈타포에게
붙잡혔다.

"빨리 통행증을 보여 주시오."

게슈타포는 눈을 번뜩이며 명령했다. 유태인은
잠시 머뭇거리다가 안쪽 주머니에서 통행증명서
를 꺼내보였다.

게슈타포는 그때서야 자신들이 속았다는 것을

깨달았다.

  통행증이 있는 유태인은 자신이 도망감으로써 위험에 처한 친구가 몸을 숨기도록 한 것이다.
  친구의 놀랍도록 빠른 순발력으로, 그러나 자신의 목숨을 위태롭게까지 한 재치로 다른 유태인 친구는 살아날 수 있었다.

내이름 곰돌이

펜실베이니아에서 잡지 「가디언」을 발행하는 로버트 J 보일에겐 썩 마음에 들지 않는 아들이 있었다.

보일은 아들이 자신이 이루지 못했던 위대한 작가가 되어 퓰리처상을 받기를 간절히 바랬다. 그러나 하나뿐인 아들은 도대체 학교라는 것을 싫어했다.

초등학교에 가서는 숙제는 아예 거들떠보지도 않았으며 옆에서 으름장을 놔야 가까스로 숙제를 해가곤 했다. 그렇지만 보일은 아들 조디가 나중

에는 정신을 차려서 대학에 들어가 자신이 원하
는 길을 걸을 것이라는 믿음을 버리지 않았다.

그 믿음은 조디가 고등학교에 들어가면서 산산
이 깨어졌다. 아들이 실업학교 기술과를 선택한
것이다.

기술과 학생들은 속칭 '철물점', '공돌이' 등으
로 불려왔기 때문에 보일의 기분은 몹시 안 좋았
다. 아들에 대한 실망감은 너무나 컸다.

그러나 조디가 고등학교를 다니는 동안 보일은
자신의 아들이 여느 학생들과는 매우 다르다는
것을 깨닫게 되었다. 항상 손이 시커멓고 기름에
젖은 작업복 차림인 조디, 그 아들이 사무실에서
흰 셔츠에 넥타이를 매고 있는 사람들과 다르다
는 것을 안 것은 약 40만 원이 들어야 고칠 수 있
다는 보일의 부서진 자동차를 아들이 단돈 만 원
으로 부품을 사서 직접 고치는 것을 본 뒤였다.

이것을 시작으로 조디는 아버지 자동차의 클러치를 8,000원에 고쳐놓기도 하고, 고장 난 에어컨, 돌아가지 않는 세탁기, 망가진 토스터기 등을 말짱하게 원래대로 고쳐놓았다.

그 후 이웃들은 차가 고장 나거나 망가진 기계가 있으면 조디에게 달려왔다. 망가진 자동차에 달러붙어 열심히 차를 고치는 아들을 보며 보일은 많은 것을 깨달았다.

수리공 없이는 자동차가 움직일 수 없고, 인쇄공 없이는 신문 발행인은 무용지물이며, 건축설계사도 결국은 용접공이 필요하다는 것을……

보일은 이제 더 이상 아들을 부끄러워하지 않는다. 그는 이제 아들 조디를 당당하게 부른다.

"공돌아!"

가장 아름다운 노래

런던 아동병원의 한 병실, 그곳에는 네 살배기 부터 열두 살 난 아이까지 모두 일곱 명이 입원해 있었다.

이들 중 곧 퇴원하는 엘리자베스만을 제외한 나머지는 백혈병을 앓고 있어 앞으로 살날이 얼마 남지 않은 아이들이었다.

그런데 이 어린 환자들은 엘리자베스를 몹시 걱정하고 안쓰러워했다.

음악 듣기를 몹시 좋아하는 엘리자베스는 청력

을 잃어가고 있었던 것이다.

아이들은 다가오는 엘리자베스의 생일날 그 애를 기쁘게 해줄 방법을 찾느라 며칠을 쑥덕거렸다.

그렇게 해서 모아진 의견이 '음악회'를 열자는 것이었다. 아이들의 기특한 생각을 안 담당 간호사는 상황이 어려운지 알면서도 음악학교 교사로 있는 수녀에게 도움을 청했다.

아이들은 하루하루가 위험한 환자였으며 그 중에는 목소리를 잃은 아이도 있었기 때문에 3주 동안이나 연습을 하는 것은 무리였다.

그러나 이들을 떠맡은 수녀는 최선을 다해 노래를 가르쳤다. 더 이상 소리를 내지 못하는 어린 꼬마는 수녀 옆에서 악보를 넘기는 일을 맡았다.

엘리자베스가 치료를 받으러 가기 위해 병실을 한두 시간 떠나 있는 동안을 틈타 아이들은 몰래 노래 연습을 했다. '음악회'의 비밀은 엘리자베스의 생일날까지 무사히 지켜졌다.

드디어 엘리자베스의 생일날이 되었다.
엘리자베스는 영문을 모른 채 병원 교회에 앉혀졌다.

얼마 후 병동의 친구들이 무대 위로 나와 송골송골 땀을 맺으며 노래를 불렀다. 희미하게 들려오는 노랫소리를 듣고 있는 엘리자베스의 얼굴에는 기쁨이 넘쳐흐르고 있었다.
이 광경을 무대 뒤에서 조용히 지켜보고 있던 아이들의 부모와 간호사들은 눈물 때문에 아이들을 똑바로 볼 수가 없었다.
연주회는 대성공이었다.

이제 그 여섯 아이들의 목소리는 사라진지 오래됐다.

엘리자베스만이 아이 엄마가 되어 있었다.

그녀는 이 세상에서 거의 마지막에 들은 이 여섯 합창단원의 어린 목소리들이 부른 노래를 마음의 귀로 생생히 듣고 있었다.

 ## 사소함에서 오는 행복

먼 길을 떠나는 나그네가 있었다.

억수같이 비가 쏟아진 어느 날 자정이 다 되어서야 나그네는 어느 조그만 마을에 도착했다.

나그네의 온몸이 흠뻑 젖었기 때문에 몸을 말릴 난로와 잠자리가 필요했다.

그러나 아무도 문을 열어주지 않았다.

나그네가 낙심해서 돌아서려는데 언덕 저쪽에 있는 집에서 빛이 새어나오는 것이 보였다.

뛰어가서 창문으로 들여다보니 한 노인이 불을

지피고 요리를 하고 있었다.

무심결에 그는 집 안으로 들어갔다. 노부인은 그를 흘끔 쳐다보더니 아무 말 없이 숟가락으로 국을 저었다.

나그네는 불 옆으로 다가가 저고리를 벗어 말리기 시작했다. 온몸에 전해져오는 따스함에 행복감이 밀려들었다.

나그네는 생각했다.

'인간은 아주 사소한 것에서도 행복을 느낄 수 있는 것이구나.'

노부인은 선반에서 그릇을 두 개 꺼내 국을 가득 담아 식탁에 놓았다. 나그네 앞에 뜨거운 국과 큼직한 빵 한 덩어리가 놓여졌다. 나그네와 노부인은 아무 말 없이 음식을 먹었다. 노부인이 전혀 말을 하지 않자 나그네는 그녀가 벙어리일지도 모른다는 생각이 들었다.

식사가 끝나자 그녀는 긴 의자에 나그네의 잠자리를 마련해 주었다.

밖에는 계속 비가 쏟아졌다. 나그네는 빗소리를 들으며 잠속으로 빠져들었다.

다음날 아침 문틈으로 새어 들어오는 빛에 잠이 깬 나그네는 분주하게 아침을 준비하는 노부인을 보았다.

자세히 살펴보니 노부인은 어찌나 작은지 한 줌밖에 안 돼 보였으며 다리는 퉁퉁 부어 한걸음을 옮길 때마다 숨을 몰아쉬곤 하였다. 그런데 부인은 우유를 짜고 냄비에 물을 붓는 등 부지런히 아침준비를 하였다.

부인이 차려준 아침을 먹고 다시 떠날 채비를 한 나그네는 부인에게 얼마의 돈을 쥐어 주었다.

그러자 그때까지 아무 말 없던 노부인이 얼굴이 붉어지더니 손사래를 치며 말했다.

"당신은 나에게 좋은 일을 해주었어요. 남편이 죽은 후로 난 이렇게 편안한 잠을 잔 적이 없었어요. 당신이 있는 동안 정말 행복했어요."

친절한 마음

오랜 실직으로 걱정에 쌓인 청년이 있었다.

때는 불황이라 일자리 구하기가 쉽지 않았다. 그러다가 우연히 신문의 난 직원모집을 광고를 보고 그곳에 전화를 걸었다. 인사 책임자는 먼저 면접을 볼 것을 요구했다.

그는 얼른 그 일자리를 잡기 위해 약속시간에 맞춰 모집 회사로 갔다. 그는 매우 조바심이 났다.

마음은 급했고 이번에는 꼭 일자리를 놓치지 않으리라 다짐했다. 그런데 한참을 달리다 보니

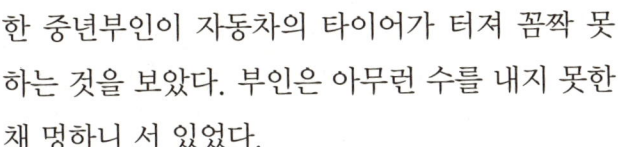

한 중년부인이 자동차의 타이어가 터져 꼼짝 못
하는 것을 보았다. 부인은 아무런 수를 내지 못한
채 멍하니 서 있었다.

그는 망설였다. 이대로 계속 자동차를 몰고 간
다해도 약속한 시간에 도착하기가 빠듯할 것 같
았다. 그러나 그는 곤란을 겪고 있는 그 부인을
지나치지 못했다.

중요한 일로 길을 재촉하고 있었지만 그는 자
신의 일을 제쳐두고 부인의 차에 다가갔다. 그리
고 타이어를 갈아 끼워 주었다. 중년부인은 땀을
흘리며 타이어를 가는 청년을 바라보며 고마워
어쩔 줄 몰라 했다.

약속 시간은 훨씬 지나 있었다.

청년은 이제 좋은 직장을 얻기는 다 틀렸다고
생각했다. 그러나 자신이 한 일을 후회하지는 않
았다. 그래도 그는 포기하지 않고 계속 차를 몰아

늦었지만 면접을 볼 수 있는 기회를 얻었다.

인사카드를 기록한 청년은 카드를 들고 인사과 장실로 들어갔다. 그런데 놀랍게도 그 자리에서 청년은 일을 해도 좋다는 허락을 받았는데 그 회 사의 인사과장은 바로 자동차의 타이어가 터져서 길가에 서서 곤란을 당하고 있던 그 중년부인이 었다.

 ## 굽은 것은 내 등이었습니다

제인 애덤스는 신체장애자였다. 그녀는 어렸을 때부터 그 장애에 강한 열등감을 가지고 있었다.

어렸을 때 제인은 척추만곡증이라는 병에 걸려 등이 굽고 머리가 한쪽으로 기우는 신체장애자가 되었다.

그녀의 아버지는 그 지역의 유명인사로 매우 예의바르고 훌륭한 사람이었다. 당시 아홉 살 어린아이였던 제인의 눈에는 그런 아버지와 자신이 비교되어 늘 자신을 초라하고 부끄럽게 생각했다. 그러나 그녀의 아버지는 제인을 자랑스럽고 똑똑한 아이로 여겼다. 아버지는 주일이 되면 항상 제인을 데리고 교회에 나가 이웃사람들을 만나게 했다. 제인은 그것이 늘 불만이었다.

어느 날 애덤스 씨는 제인을 데리고 이웃마을에 갔다. 그리고 자신이 일을 보는 동안 가게를 둘러보며 기다릴 것을 딸에게 말했다. 한 시간 정도 지난 뒤에 애덤스 씨는 몇 명의 말끔한 신사들을 데리고 제인에게 나타났다.

멀리서 아버지와 몇 명의 사람들이 다가오는 것을 본 제인은 재빨리 가로등 그늘아래에 숨었다. 훌륭한 아버지의 딸이 이렇게 보기 흉하다는 것을 저 신사들이 알게 해서는 안 된다는 생각이 들었기 때문이다.

그러나 애덤스 씨는 딸을 발견하자 명랑하게 손을 흔들면서 걸어왔다. 그리고 남의 눈을 의식해 떨고 있는 딸에게 명랑한 몸짓으로 친구들에게 소개했다.

아버지가 '내 딸 제인이야' 하고 당당하게 말하자 그 신사들 역시 정중히 제인에게 인사했다.

그 뒤 제인은 '굽어 있는 것은 나의 마음이지 등은 아니었구나' 라는 생각을 갖게 되었고 그녀는 곧 열등감에서 벗어날 수 있었다. 인생에 대한 새로운 사고방식이 그녀의 인생을 새롭게 변화시켰다.

 포기할 수 없는 꿈

뉴욕의 브룩클린 다리는 뉴욕의 동쪽 강을 가로질러 브룩클린에서부터 맨해튼을 연결하는 공중에 매어 단 다리였다.

이 다리가 처음 만들어 질 때에는 많은 사람들이 반대했다. 중간에 버팀목이 될 만한 것이 없이 공중에 매어다는 다리는 대단히 위험하다는 것이 그 이유였다.

1869년, 건축가 로우블링은 맨해튼과 브룩클린을 잇는 다리를 만들겠다는 어릴 때부터의 꿈을 실현시키기로 결심했다. 많은 사람들의 반대에도 그의 끈질긴 확신과 주장을 굽히지 않았다.

 다리의 공사가 착공된 후 불행한 사고가 일어났다. 로우블링이 현장 지휘를 하다 그만 사고로 불구가 되고 만 것이다. 그는 더 이상 공사의 진행을 지휘할 수가 없었다. 꼼짝없이 집에만 있어야 했던 로우블링은 그래도 포기하지 않았다.

 공사장 근처의 아파트로 이사를 한 그는 아들을 현장감독으로 채용시켜 일일이 보고를 받았다. 그리고 망원경으로 다리공사를 지켜보며 자신의 확신대로 일을 진행시켰다.

 드디어 다리는 완성되었다.

 불구의 몸임에도 불구하고 결코 포기하지 않고 어릴 때의 꿈을 실현시키려고 했던 로우블링의 14년간의 망원경 지휘로 브룩클린 다리는 완성된 것이다.

당신은 꼭 낫습니다

한 부부가 있었다.

남편은 한쪽 다리의 연골 파손으로 몸을 거의 움직이지 못하는 병과 투병중이었다. 병은 그가 중학교에 다닐 때부터 생겨 그를 괴롭혔다. 그는 지금의 아내와의 연애시절에도 곧잘 쓰러져 아내의 부모님으로부터 결혼을 허락받지 못했다.

그러나 둘은 결혼을 했고 행복한 가정을 꾸렸다.

그러던 어느 날 남편의 병이 심해져 병원에 입

원하게 되었다. 병원에서는 '불치'라는 선고를
내렸고 그는 집으로 돌아와 방안에서 누워서만
지내야 했다.

아내는 밤을 새워서 퉁퉁 부은 남편의 몸을 찜
질해줘야 했고 대소변을 받아내야 하는 등 하루
종일 남편의 곁에서 돌봐야 했다.

그러나 아내의 얼굴은 늘 웃음을 잃지 않았다.
그런 아내가 남편은 고맙기도 했지만 의아스럽기
도 했다.

"당신, 이렇게 날 돌보는 게 힘들 텐데…… 이
런 내가 이제 싫지 않소?"

그러자 아내는 빙그레 웃으며 말했다.

"여보, 나는 당신을 처음 만날 때 마음을 보고
만났고 또 그 마음 때문에 결혼했어요. 당신 마음
이 변하지 않았는데 어떻게 내가 당신을 싫어할
수 있겠어요."

남편은 아내의 말을 들으며 언젠가 아내가 한

말을 떠올렸다. 의사가 내린 '당신은 불치' 라는 말 뒤에 웃으면서 '당신은 꼭 낫습니다' 라고 말한 아내의 말은 그 뒤 남편의 희망이 되었다.

마침내 아내의 극진한 간호와 믿음 때문에 남편은 전신 불수의 몸에서 빠져나와 조금씩 움직일 수 있게 되었다.

철도 사장님의 눈물

미국의 펜실베이니아에서 큰 열차 충돌 사고가 발생했다. 그 사고로 수많은 사람이 목숨을 잃었고 엄청난 재산 피해가 났다. 그리고 한 열차의 기관사는 목숨을 잃었고 다른 열차의 기관사는 다행히 목숨을 건졌다.

철도회사에서는 이 사고에 대하여 철저한 조사를 실시하게 되었는데 결론을 기관사의 잘못으로 기울어졌다. 살아남은 기관사는 사고에 대한 가책으로 정신이 멍한 상태가 되었다.

결국 사장이 이 기관사를 만나기로 했다. 기관
사는 또 다시 걱정과 두려움에 몸을 떨었다.

　이윽고 그는 철도회사의 사장실에서 사장과 마
주앉게 되었다. 두려움으로 가득 찬 기관사의 어
깨에 사장이 조용히 손을 올려놓으며 말했다.

　"걱정하지 마시오. 우리는 이번에 아주 운이 나
빠서 고생을 하는 것이 아니겠소?"

　기관사는 이 말에 어깨를 들썩이며 울었다.

　사장 역시 그의 어깨에 손을 얹은 채 흐느꼈다.
그리고 얼마 후 사장은 이렇게 물었다.

　"당신은 내가 누구인지 알고 있지요?"

　"네, 당신은 우리 회사의 사장이십니다. 저는
일개 고용인일 뿐이구요."

　기관사의 말을 잠자코 듣고 있던 사장이 말했
다.

　"나는 당신이 꼭 한 가지를 기억해 주기 바라
오. 그 어느 사람이든지 나의 회사에서 일하는 사
람이 당하는 어려움이나 슬픔은 곧 나의 어려움

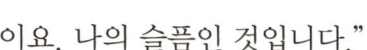

이요, 나의 슬픔인 것입니다.”

대회사의 사장이 기관사의 어깨를 잡고 함께 흘린 눈물은 자칫 큰 타격을 받아 평생을 비운에 떨어질 뻔했던 사람의 마음을 완전히 치료해 줄 수 있었던 것이다.

행복한 삶을 꿈꾸는 사람들을 위한 이야기

낮에는 별이 보이지 않는다

초판 찍은 날 | 2013년 4월 10일
초판 펴낸 날 | 2013년 4월 17일

엮은이 | 김수진
펴낸이 | 곽선구
펴낸곳 | 늘푸른소나무

주소 | 서울시 종로구 연건동 44-10
전화 | 02-3143-6763
팩스 | 02-3143-6742
출판등록 | 1997년 11월 3일 제 307-2011-67
이메일 | ksc6864@naver.com

ISBN 978-89-97558-12-4 00800

※ 잘못된 책은 구입한 곳에서 바꾸어 드립니다.
※ 책값은 뒤표지에 있습니다.